Disney Violetta

Disney Violetta

Singen ist mein Leben

Parragon

Bath • New York • Cologne • Melbourne • Delhi
Hong Kong • Shenzhen • Singapore • Amsterdam

Disney Channel

Die deutsche Ausgabe erscheint bei
Parragon Books Ltd
Chartist House
15–17 Trim Street
Bath BA1 1HA, UK
www.parragon.com

Realisation der deutschen Ausgabe:
trans texas publishing services GmbH, Köln
Übersetzung: Ursula Bachhausen, Solingen
Lektorat: Ulrike Reinen, Köln
Satz: Regine Ermert, Köln

ISBN 978-1-4748-1375-4
Printed in UK

Kapitel 1

Wie jeden Tag traf ich mich mit Francesca und Camila im Studio. Ich musste ihnen etwas Schlimmes erzählen: León hatte mit mir Schluss gemacht. Wie konnte er nur so ungerecht sein? Meine Freundinnen schauten sich an. Offenbar waren sie nicht meiner Meinung. „Was ist los?", fragte ich verständnislos. „Hat er das Video mit dem Kuss gesehen?", wollte Francesca wissen. „Welches

Video? Wovon redet ihr?", fragte ich erschrocken. Da zog Camila ihr Handy heraus und zeigte mir etwas, das ich lieber nie zu Gesicht bekommen hätte. Irgendjemand hatte das Video mit dem Kuss ins Internet gestellt, und im Hintergrund war Leóns Gesicht zu erkennen. Ich dachte daran, wie viele Leute es vermutlich schon gesehen hatten, und konnte gut nachfühlen, was in León vorgehen musste. Sofort machte ich mich auf die Suche nach ihm und fand ihn vor dem Klassenraum. Dort wollte er sich gerade mit Diego prügeln! Ich schrie auf und ging dazwischen. „Was ist hier los?"

„Ich bin dabei, ein paar Dinge mit deinem Verehrer zu klären", sagte León ernst. „Für León steht anscheinend fest, dass wir beide auf jeden Fall als Paar enden", stichelte Diego.

„Es reicht, Diego! Schluss! Lass uns in Frieden!", rief ich und warf dann León einen raschen Blick zu. „Lass uns woanders reden, wo es ruhig ist, ja?" Aber León wollte nicht mit mir reden – was Diego natürlich freute.

Nach dem Unterricht rief mich Pablo zu sich, und dann kam noch Marotti dazu. Ich bekam einen Schreck, dass sie mich wegen des Videos im Internet zur Rechenschaft ziehen wollten, aber das war es nicht! „Ich bin hier, um dir im Namen von Youmix einen Vertrag als neuer Star des Portals anzubieten", eröffnete mir Marotti. Vor lauter Überraschung wusste ich nicht, was ich sagen sollte. Ich verstand nicht, warum unter all den Mädchen des Studios die Wahl ausgerechnet auf mich gefallen war!

„Seit wir im letzten Jahr mit der Realityshow anfingen, haben deine Videos und alles, was mit dir zu tun hat, kontinuierlich die meisten Zuschauer", fügte er hinzu.

Verblüfft blickte ich Pablo an. Marotti war ganz aus dem Häuschen. „Dieses Video, in dem es so aussieht, als ob ihr euch küsst, das ist der Wahnsinn. Und das gilt erst recht für das bearbeitete Video, das einer der User hochgeladen hat, in dem man zuerst sehen kann, wie du Diego küsst, und dann das Gesicht von León, dem das Herz bricht. Dieser Anblick ist einmalig! Nicht mal ich hätte mir das ausdenken können. Die Webseite platzt vor Zugriffszahlen", rief er.

„Aber ich will das Studio nicht verlassen", warf ich schüchtern ein.

„Du sollst das Studio ja gar nicht verlassen, das Studio soll vielmehr dabei helfen, den Star zu erschaffen, den Youmix braucht. Du würdest besonderen Unterricht bekommen und alles, was nötig ist", stellte Pablo richtig. Ich war sprachlos. Sie würden mir ein ganz neues Song-Repertoire geben, Kleider, Imageberater … „Alles, was du für deinen großen Auftritt brauchst", erklärte Marotti. „Das würde deinem Leben eine unglaubliche

Wendung geben. Du könntest dir einen Traum erfüllen!" Die beiden sahen mich erwartungsvoll an, doch ich versank in einem Meer von Zweifeln. „Ich weiß nicht, ob ich so weit bin, es kommt so plötzlich, und es ist eine enorme Verantwortung."

Das Studio würde mich unterstützen, beruhigten sie mich. Eine solche Chance dürfte ich mir einfach nicht entgehen lassen. Pablo meinte, dass ich das Ganze vermutlich erst einmal mit meinem Vater besprechen und ihn um seine Zustimmung bitten müsste. Außerdem teilten sie mir mit, dass ich ein Honorar für meine Arbeit bekäme. „Das ist der Traum aller Mädchen, Violetta. Auftritte, Platten … Das Studio und Youmix setzen alles daran, damit du Erfolg hast."

Zum Glück musste ich mich nicht gleich entscheiden. Ich erklärte ihnen, ich würde es mir überlegen, mit Papa sprechen und ihnen dann eine Antwort geben. Aber noch bevor ich mit

Papa darüber sprechen konnte, erzählte ich meinen Freundinnen von der Neuigkeit. Francesca konnte nicht verstehen, warum ich nicht zugesagt hatte. Es war ein fantastisches Angebot!

Doch die Geschichte mit León und Diego setzte mir zu. Ich bekam sie einfach nicht aus dem Kopf, und ich konnte mich über nichts freuen. „Ich finde es nicht gut, wie León reagiert hat, aber ich kann ihn verstehen. An seiner Stelle hätte ich sicher genauso gehandelt", versuchte ich ihn zu rechtfertigen. Diego war schuld an allem, was mir passierte!

Als reichte das Ganze nicht schon, hatte der Tag noch weitere Überraschungen für mich auf Lager. Ich sehnte mich nach Ruhe und ging nach Hause, denn vor lauter Neuigkeiten, vor lauter unerwarteten Gefühlen schien mein Kopf platzen zu wollen … León, Diego, der Vorschlag von Youmix … Papa! Was würde Papa dazu sagen? Vielleicht hatte ich bloß Angst, doch wenn ich ehrlich war, riss mich die Vorstellung nicht vom Hocker. Ich hatte keine Ahnung, warum. Darum wollte ich dringend mit Angie sprechen, doch als ich hereinkam, hörte ich, dass zwischen ihr und Esmeralda etwas vorgefallen war. Angie war traurig, und Esmeralda verabschiedete sich von ihr. „Was soll das? Warum hat Esmeralda gesagt, dass du gehst?"

Angie bat Esmeralda, uns allein zu lassen, und bestätigte mir, was ich gehört hatte. „Ja. Es stimmt. Ich gehe."

„Aber warum? Hat Esmeralda dich etwa rausgeworfen?"

„Nein, Vilu. Meine Zeit hier ist gekommen. Wir alle müssen weitergehen. Dein Vater und Esmeralda stehen sich nahe, und du hast sie gern. Und es ist eindeutig, dass diese Zuneigung auf Gegenseitigkeit beruht."

Ich verstand nicht, was das alles zu bedeuten hatte, was mir Angie sagte. Sie war der Ansicht, ihre Anwesenheit bei uns zu Hause würde sich langsam zum Problem entwickeln, und sie wollte Esmeralda nicht stören, doch ich war damit überhaupt nicht einverstanden.

„Ich bleibe deine Hauslehrerin, und wir sehen uns im Studio. Ich werde eben nur nicht mehr hier wohnen", erklärte sie mit Nachdruck.

„Ist es das, was du willst?", fragte ich und sah ihr in die Augen.

„Es ist für alle das Beste – glaub mir."

Am Abend wollte Papa mit mir reden. Er fragte, ob alles in Ordnung sei oder ob ich ihm etwas zu erzählen hätte. Anfangs wollte ich nicht mit der Sprache herausrücken, doch er ließ nicht locker. Als ob er es geahnt hätte!

„Ich habe eine Neuigkeit, aber es ist egal, weil ich ablehnen werde", sagte ich, um die

Sache herunterzuspielen.

„Was wirst du ablehnen?", erkundigte er sich interessiert. Ich versuchte, das Thema zu wechseln, aber das machte es nur noch schlimmer. Papa bohrte nach, und ich musste ihm alles erzählen.

„Die Leute von Youmix haben mir einen Job angeboten. Sie wollen mich als Solokünstlerin herausbringen. Das Studio würde mich dabei unterstützen und mir Unterricht geben. Aber du kannst ganz beruhigt sein, ich werde ablehnen." Papa schaute mich einen Augenblick lang wortlos an, dann fragte er: „Und warum lehnst du ab?" Seine Frage verwirrte mich. „Ich weiß nicht. Weil ich nicht will", erwiderte ich. „Prima. Dann gibt es also nichts mehr zu bereden. Bis morgen." Ich fand ihn eigenartig. Er wirkte niedergeschlagen, richtig traurig. Bevor er ging, kam ich rasch auf das andere Thema zu sprechen, das mir im Kopf herumging: „Wusstest du, dass Angie weggeht?"

Er sah mich schockiert an. Er hatte keine Ahnung davon gehabt. „Ich glaube, sie fühlt sich fehl am Platz, und es gefällt mir gar nicht, dass es ihr schlecht geht oder dass sie traurig ist", fügte ich hinzu. Er suchte rasch nach einer Antwort. „Mach dir nicht zu viele Gedanken. Angie weiß, was sie tut. Vielleicht ist es an der Zeit für sie, nach Hause zurückzukehren." Seine Worte ärgerten mich maßlos. „Das hier ist ihr Zuhause, Papa! Ich will nicht, dass sie mich verlässt!"

„Sie verlässt dich nicht. Angie hat ihre eigene Wohnung, ihr Zuhause, aber sie bleibt deine Tante und deine Hauslehrerin. Sie wird immer für dich da sein, mach dir keine Sorgen." Er strich mir über das Gesicht und ging schlafen. Ich war traurig und wütend. Papa hörte mir nicht zu, Erwachsene machten immer, was sie wollten, und sehr oft lagen sie damit falsch. Es machte mich rasend, dass ich nichts dagegen tun konnte.

Als ich mein Tagebuch aufschlug, fiel mein Blick auf den Namen León und auf die Zeichnung, die ich von seinem Gesicht gemacht hatte. Ich erinnerte mich an unseren Spaziergang, als er mich an seine Lieblingsstelle am Fluss gebracht hatte und wir unter diesem wunderschönen Baum gestanden hatten. Es war alles so magisch gewesen. Dieser Moment war für uns beide wie ein Traum. Das beruhigte mich.

Aber so konnte es nicht weitergehen. Ich nahm mein Handy und rief ihn an. Als León abnahm, klang er ernst, geradezu distanziert.

„Können wir offen miteinander reden?"

„Es ist sinnlos, dass wir weiterreden, Violetta."

„Warum sagst du das?"

„Es ist das, was ich fühle."

„Und was ich fühle? Ist dir das egal?"

„Du hast Diego geküsst."

Ich versuchte wieder, ihm zu erklären, dass es ein Versehen gewesen war, und bestand darauf, dass er mir zuhörte, doch dazu schien er nicht bereit zu sein. Das tat mir nur noch mehr weh. „Du hast mir gesagt, uns kann nichts trennen, das, was uns verbindet, ist stärker als alles andere. Diego würde nur Unfrieden stiften und –"

„Es hat sich alles verändert, Violetta. Du hast alles verändert. Es tut mir leid, aber –", fiel er mir ins Wort. „Nein. Es tut dir nicht leid. Wenn es dir leidtäte, würdest du so etwas nicht von mir denken", widersprach ich mit Nachdruck. Ich fühlte mich zu Unrecht an den Pranger gestellt. Deshalb warf ich ihm all das vor, was mir durch den Kopf ging: „Du kennst mich doch gar nicht, du weißt gar nicht, wer ich bin, mach dir doch nichts vor: Dir tut gar nichts leid, León! Du fühlst nichts für mich." Dann legte ich auf. Ich hatte alles gesagt.

Kapitel 2

Francesca und Camila wollten wissen, ob ich das Angebot von Youmix annehmen würde, aber Angies Nachricht setzte mir zu. Angie würde ausziehen, der Streit mit León, und Papa fand noch immer keine Arbeit … Einfach alles ging schief! Und ich konnte mich nicht entscheiden. Ludmila wollte wissen, worüber wir redeten, und ich erzählte ihr, was mich beschäftigte. Vielleicht sollte ich das Angebot von Youmix annehmen, um Papa zu unterstützen.

„Welches Angebot?", erkundigte sich Ludmila interessiert. Camila und Francesca wollten nicht, dass ich Ludmila davon erzählte, aber es liegt mir nun einmal nicht, Dinge geheim zu halten. Es war klar, dass sie sich darüber ärgern würde. Aber ich hatte auch ohne Ludmila schon genug am Hals, also erzählte ich es ihr und bat sie, die Sache nicht an die große Glocke zu hängen. Was konnte sie mir schon antun? Offenbar eine ganze Menge, aber das wusste ich zu diesem Zeitpunkt noch nicht …

Ich versuchte, mich auf meine Aufgabe zu konzentrieren, und schloss mich ein, um Klavier zu spielen und die englische Version von „En mi mundo" zu proben. Ich arbeitete so lange, bis ich unterbrochen wurde: von Diego! „Bitte stör mich nicht. Diese Aufgabe ist sehr anspruchsvoll, und ich muss mich konzentrieren."

„Ich könnte dir helfen." Wie üblich ließ er einfach nicht locker. Ich schaute ihn böse an, bedankte mich für sein Angebot, stellte aber klar, dass ich es vorzog, allein weiterzumachen.

„Ich wollte dir nie zur Last fallen. Du weißt, es gibt keinen Grund, dass die Dinge zwischen uns so stehen, wie sie es nun mal tun", erklärte er. „Ich weiß, dass es dir schlecht geht, und mache mir Sorgen, wenn ich dich so sehe."

„Das ist nicht wahr. Für dich ist das alles ein Spiel, aber hier geht es um mein Leben, und du verstehst es nicht. Du machst dir einen Spaß mit León und mir, du bist …" Mir fehlten die Worte, um zu beschreiben, wie sauer mich das machte.

„Ich bin der, an den du pausenlos denken musst", sagte er, um mich noch nervöser zu machen. Da rastete ich aus. „Schluss, aus, Feierabend! Bitte, hau einfach ab!", schrie ich genervt. Ich sagte ihm, dass er an allem schuld sei, dass meine Probleme in dem Moment begonnen hatten, als er auftauchte. Diego packte mich und schaute mir ernst in die Augen.

„Du weißt, dass ich diesmal nichts damit zu tun hatte. Ich habe dich nicht geküsst, ich habe nichts getan, rein gar nichts! Alle, León eingeschlossen, können denken, was sie wollen, aber du weißt genau, wie es war und dass ich nichts damit zu tun hatte." Diego hatte recht. Ich wusste, dass der Kuss ein Versehen gewesen war und dass ich ihm dafür nicht die Schuld geben konnte. Er wollte mich in den Arm nehmen, doch ich zog es vor, mich abzusetzen. So schnell ich konnte, lief ich aus dem Klassenraum.

Ich verließ das Studio sehr nervös. Ich fühlte mich ausgelaugt und wollte nur noch allein sein, als plötzlich León vor mir stand.

„Wir müssen miteinander reden", sagte er.

„Wir haben schon geredet, León –"

„Ich weiß. Aber ich habe dir noch etwas zu sagen. Ich werde es nicht erlauben, dass du dich in dieser Sache zum Opfer machst. Verstehst du?"

„Ich kann nicht glauben, dass du so etwas sagst", erwiderte ich verletzt. „Es tut mir weh, dass du so über mich denkst."

„Dann soll ich also einfach zusehen, wie Diego dich mit seinen Spielchen von mir entfernt und du nichts unternimmst, nur damit es dir gut geht? Und sogar ertragen, dass du ihn küsst?", fuhr er mich schneidend an. Ich zog es vor, nichts mehr zu sagen. Verletzt erklärte ich, ich wolle nicht mehr mit ihm reden, und kehrte zurück ins Studio. Ich musste mit Pablo sprechen. Als ich ihn gefunden hatte, konfrontierte ich ihn mit dem, was mich noch zögern ließ: „Wenn ich das Angebot von Youmix annehme, habe ich dann immer noch mit den anderen gemeinsam Unterricht?"

Kaum hatte ich das gefragt, bemerkte ich, dass León in der Nähe stand. Er wartete auf meine Antwort. „Außer Tanz und ein paar Proben nicht. Du bekommst stattdessen Einzelunterricht. Die Lehrer sollen dir dabei helfen, dein Talent zur Entfaltung zu bringen", antwortete Pablo. Da zögerte ich nicht eine Sekunde länger und sagte zu!

Als León zu mir kam, teilte ich ihm die Neuigkeit mit. „Von nun an werden wir uns nur noch selten oder gar nicht sehen. Du kannst dein Leben ganz in Ruhe weiterleben."

Ich war davon überzeugt, die richtige Entscheidung getroffen zu haben. Dann kam das Schwierigste: Papa. Ich ging nach Hause und informierte ihn und Esmeralda gemeinsam über die Neuigkeiten. „Ich habe das Angebot, die Exklusiv-Künstlerin von Youmix zu werden, angenommen." Papa war fassungslos. Er schimpfte mit mir, dass ich nicht vorher mit ihm darüber gesprochen hatte. Dabei hatte ich ihm ja von dem Angebot erzählt, und er hatte mit keinem Wort erwähnt, dass ich es nicht annehmen sollte.

„Es ist wegen León, oder? Weil du dich mit ihm verkracht hast", sagte Papa und verstummte plötzlich. „Woher weißt du, dass ich Krach mit León habe?", fragte ich. „Ich kenne dich. Du bist meine Tochter. Ich habe recht, oder? Ihr habt euch gestritten, und deshalb hast du angenommen, ohne mit mir darüber zu sprechen."

Ich erklärte ihm, dass León nichts mit meiner Entscheidung zu tun hatte, und versuchte, ihn davon zu überzeugen, dass wir das Geld, das ich damit verdienen würde, gut gebrauchen konnten.

„Das soll nicht deine Sorge sein. Für das Geld bin ich zuständig. Das war schon mein ganzes Leben lang so, und das wird auch weiterhin so sein", sagte Papa stolz.

Esmeralda unterstützte seine Position. Die beiden fanden es nicht gut, dass ich arbeiten wollte. Ich konnte sie ja verstehen, doch ich ließ mich nicht beirren. Ich erzählte ihnen von meinem Traum, davon, wie sehr ich es mir wünschte, dass es eine Riesenchance wäre und dass bestimmt jedes Mädchen alles dafür geben würde, an meiner Stelle zu sein – bis Papa es mir schließlich erlaubte! Glücklich fiel ich ihm um den Hals. Er stellte nur eine Bedingung: Er wollte selbst mit den Leuten von Youmix sprechen. Das erschien mir richtig, und ich dankte ihm dafür. Endlich würde sich alles einrenken.

Aber meine Freude hielt nicht lange an, denn plötzlich kam Olga schreiend hereingerannt. „Sie ist weg, sie ist weg! Angie ist nicht mehr da! Sie hat all ihre Sachen mitgenommen. Ihre Kleider, ihre Bücher! Sie ist weg!" Ich konnte nicht glauben, dass Angie fortgegangen war, ohne sich zu verabschieden. Zum Glück kam sie im gleichen Moment herein. Sie bestätigte, dass sie ihre Sachen schon mitgenommen hatte, damit wir ihr dabei nicht zusehen mussten, und dass sie sich jetzt verabschieden wolle. Ihr Entschluss stand fest. Ich verstand das nicht. Olga meinte, dass Papa vermutlich mit ihrer Entscheidung zu tun hatte, und ich dachte dasselbe. Aber ich sagte nichts.

An diesem Abend fand ich nur schwer in den Schlaf. Ich war traurig. Wieder einmal war es mein Tagebuch, in dem ich mir meine Nöte von der Seele schreiben konnte.

Am nächsten Tag kamen im Studio alle zu mir und gratulierten mir. Sie freuten sich für mich. Alle, außer León, der mich vollständig ignorierte.

Ich versuchte, mit ihm zu reden, weil ich nicht wollte, dass es so schlecht zwischen uns stand. Aber es war wie verhext, genau in diesem Moment kam Marotti und brachte mich im Eilschritt in mein neues Leben. Dabei wollte ich mit León sprechen! Was mir wichtig war, interessierte offenbar niemanden.

Bei Youmix hieß man mich offiziell willkommen. Ich wurde ein bisschen nervös. Es hatte noch nicht mal richtig angefangen, und ich fühlte mich schon überfordert! Ich wurde geschminkt, gekämmt, angekleidet, und dann begann das Fotoshooting!

Francesca und Camila kamen mich besuchen. Sie freuten sich für mich und meinten, für mich würde der Traum aller Mädchen nun wahr werden. Doch Marotti erlaubte ihnen nicht zu bleiben. Ehrlich gesagt, mir war das Leben als Star ein bisschen unangenehm, und mit dem

Outfit, das man mir verpasste, konnte ich mich auch nicht so recht anfreunden.

Als die Session gerade beendet war, tauchte Diego auf. Mein Anblick hinterließ bei ihm sichtlich Eindruck. „Du hast mir schon immer gefallen. Ich habe mir immer gewünscht, mit dir zusammen sein zu können. Aber als ich dir heute dabei zugesehen habe, wie du diese Fotos gemacht hast, da habe ich noch etwas anderes gesehen …" Ich schaute ihn böse an. Ich war viel zu müde, um seine Schmeichelei ertragen zu können.

„Ich habe gesehen, dass du nicht bist wie die anderen. Ich habe endlich verstanden, was alle über dich sagen: Du bist etwas Besonderes. Du bist diejenige, die man nur einmal im Leben trifft. Diejenige, für die es sich lohnt, alles aufzugeben, alles zu verändern, weil man sie nie mehr vergessen kann", sagte er hingerissen.

Ich bat ihn, damit aufzuhören, aber Diego

beteuerte, er würde sich nicht so einfach geschlagen geben. Wenn nötig, wolle er für mich sogar ein besserer Mensch werden.

„Man ist, wie man ist, Diego. Und man kann sich nicht ändern", erwiderte ich.

„Du irrst dich. Die Liebe verändert die Menschen immer. Und wenn du das nicht glaubst, dann deshalb, weil du noch nie wirklich geliebt hast."

Diese Behauptung machte mich sprachlos. Doch ich konnte ohnehin nichts erwidern, denn in diesem Moment unterbrach uns Marotti. Ich sah Diego mitleidig an. „Ich weiß nicht, ob die Liebe einen Menschen ändern kann oder nicht. Doch nach allem, was zwischen uns passiert ist … Es tut mir leid, nein. Zwischen uns ist nichts, und daran wird sich auch in Zukunft nichts ändern." Diego war verletzt, aber es war die Wahrheit. Es spielte keine Rolle mehr, ob er sich änderte. Zwischen uns würde niemals etwas sein.

Kapitel 3

Als ich mein Zimmer betrat, lag ein ganzer Berg Kleider auf dem Boden. Ich hatte nicht die leiseste Ahnung, was los war, als urplötzlich ein T-Shirt in meinem Gesicht landete. Wer warf da mit meinen Sachen um sich? Als ich wieder etwas sehen konnte, stand ein kleines Mädchen vor mir, das mich keck ansah. „Wer bist denn du?", fragte ich mehr als überrascht.

„Ámbar, deine Schwester", erwiderte sie begeistert. Ich erstarrte. Eine Schwester? In diesem Moment kamen Papa und Esmeralda herein.

„Ich sehe, ihr habt euch bereits kennengelernt", sagte Papa. „Wir wollten es dir erzählen, aber wir haben dich nicht kommen sehen –"

„Ich habe eine Schwester?", rief ich.

„Ámbar!", rief Esmeralda. Da begriff ich. Ámbar war ihre Tochter. Als die beiden die chaotisch verstreuten Kleidungsstücke sahen, wusste Esmeralda gleich, was Ámbar angestellt hatte.

Weder Papa noch ich hatten gewusst, dass Esmeralda eine Tochter hatte. Ich fand es sonderbar, dass sie sie nie erwähnt hatte. Papa erklärte, Ámbars Vater hätte verreisen müssen, und deshalb würde die Kleine ein paar Tage bei uns bleiben. Eins stand jedenfalls fest, langweilig wurde es bei uns zu Hause nicht!

Als ich am nächsten Tag gerade das Studio betreten wollte, traf ich zufällig León am Popcorn-Stand. Endlich würden wir miteinander reden können. Aber nein: Wenige Sekunden später nahte Diego. Wir waren alle drei etwas gestresst. „Wie gut, dass ich euch treffe, denn ich will mit euch reden", sagte Diego ruhig.

León und ich sahen uns verständnislos an. „Ich will euch um Verzeihung bitten. Ich weiß, dass ihr meinetwegen Schluss gemacht habt."

Ich konnte nicht glauben, was ich da hörte. León schüttelte hochmütig den Kopf.

Aber Diego ließ sich nicht davon abbringen. „Vielleicht war ich nicht der Hauptgrund, aber ich weiß, dass euch manches, was ich getan habe, auf den Nerv gegangen ist. Und ich will euch um Verzeihung bitten. Ehrlich. Ich habe das Gefühl, das bin ich euch schuldig."

„Ich glaube dir nicht", sagte ich schroff.

„Ich auch nicht. Ich weiß nicht, was du vorhast, aber ich kaufe dir dieses Theater nicht ab", fügte León hinzu.

„Ich kann verstehen, wenn ihr mir nicht glaubt, aber ich fühle mich besser, wenn ich weiß, dass ich das Richtige getan habe", sagte er. Dann schaute er uns beiden in die Augen und ging davon.

Ich fragte León, ob wir in Ruhe miteinander reden könnten, doch er sagte, er habe keine Zeit. Wie mies war das denn! Aber es zeigte mir deutlich, dass er nicht mit mir reden wollte, und das musste ich respektieren.

Marotti zeigte mir die Fotos von der ersten Fotosession. Es machte mich ein wenig betroffen, mich so aufgedonnert zu sehen: „Sie sind schön, aber in dem Look sehe ich mich nicht", sagte ich aufrichtig. Mir war nicht wohl bei der Sache. „Wir sind auf der Suche nach einem individuelleren Look. Das kritisieren die Leute im Portal an dir", sagte er.

„Ich werde kritisiert?", fragte ich überrascht. „Die Leute finden, ein mutigerer, rebellischerer Look würde besser zu dir passen." Ich war fassungslos. Es war mir nicht recht, mich in jemand anderen verwandeln zu sollen. Ich schaute Pablo an. „Für Youmix ist es wichtig, dass sich die Mädchen mit dir identifizieren. Dass sie sich so kleiden wollen wie du, sein wollen wie du", erklärte er.

„Aber das bin ich nicht ... Ich bin ich!" Marotti ließ sich nicht davon abbringen, dass es für das Geschäft am besten wäre, wenn man sich an den Wünschen der Leute orientierte und sich entsprechend präsentierte. Und dann äußerte er sich auch noch positiv darüber, dass das Portal das Video verwendete, in dem zu sehen war, wie ich Diego küsste und León mit schmerzverzerrtem Gesicht dahinter stand!

Ich schaute ihn vorwurfsvoll an. Aber was er dann sagte, das war wirklich der Hammer: „Du musst uns Bescheid geben, wenn du mit jemandem zusammen bist. Wir sagen dir dann, ob du das öffentlich bekannt geben darfst oder nicht. Es sei denn, es handelt sich um einen Promi. Das verkauft sich gut! Aber egal, du hast einen Termin bei deinem Imageberater, der wird dir das alles erklären." Ich musste mich zusammenreißen, um nicht zu widersprechen. Pablo sah mir meine Unzufriedenheit an, und um dieses Gespräch rasch zu beenden, schlug er vor, mit der Musik zu beginnen.

Marotti setzte sich ans Keyboard und spielte mir die Songs vor, die er vorschlug. Mir gefiel nicht einer davon! Plötzlich bekam ich Beklemmungen. Dass ich mich in eine andere Person verwandeln sollte, hatte plötzlich etwas von einem Albtraum. Pablo schlug vor, dass ich das Lied auf Englisch einstudieren sollte, an dem ich ohnehin für die Übung arbeitete. Erleichtert stimmte ich zu, und um mich zu trösten, bat er mich, ein bisschen Geduld zu haben.

Als León und ich später im Musiksaal waren, kam Diego dazu. Bei dem Gedanken, was er jetzt wieder vorhaben mochte, wurde mir mulmig. „Gebt mir bitte eine Minute. Ich möchte, dass ihr euch ein Video anseht", sagte er. Rasch startete er ein Video auf seinem Laptop. Es war der Kuss. In den Bildern war klar und deutlich zu sehen, wie ich stolperte und er mich küsste.

„Violetta ist gestolpert. Sie wollte mich nicht küssen. Ich habe die Situation missverstanden, oder anders gesagt, ich habe das verstanden, was ich verstehen wollte", stellte Diego die Sache richtig. Er schaute uns beide an und fügte hinzu: „Violetta ist unschuldig."

„Was willst du damit beweisen?", fragte León.

„Dass er sich geändert hat", sagte ich ziemlich sauer.

„Aha! Ist das wieder ein Trick, um bei dir zu landen?", wollte León wissen.

Ich sah Diego an und erklärte, dass ihm seine Spielchen überhaupt nichts einbringen würden, aber er ließ nicht locker. Er sagte, dass er sich nicht geändert habe. Dass sich kein Mensch vom einen auf den anderen Tag ändern könnte, aber dass er es von nun an richtig machen wollte. León glaubte ihm kein Wort. Er meinte, Diego würde doch nur vortäuschen, ein guter Mensch werden zu wollen, um bei mir zu punkten.

„Damit ihr seht, dass ich keine Hintergedanken habe, sage ich euch die Wahrheit. Ich war es, der das Video bearbeitet und mit deiner Leidensmiene hochgeladen hat", bekannte Diego.

León und ich wurden blass. Ich konnte das nicht glauben. Das Video mit der Großaufnahme von León war der Hit im Portal und hatte León der Lächerlichkeit preisgegeben.

„Damit kann ich bei Violetta nicht landen. Oder etwa doch?", fragte Diego.

„Ganz im Gegenteil. Das macht den Graben zwischen uns nur noch tiefer", erwiderte ich.

León schaute uns beide missmutig an. „Dein Plan ist voll aufgegangen. Sie glaubt dir. Ich bin das alles echt leid", sagte er und ging.

Ich begriff weder, warum León sauer war, noch, warum Diego mich plötzlich unbedingt von seinen guten Absichten überzeugen wollte. „Ich will nicht schuld daran sein, dass es dir schlecht geht", erklärte er.

Ich wusste wirklich nicht mehr, was ich davon halten sollte. Der Tag schien einfach nicht enden zu wollen. Alle redeten total euphorisch von der Party, zu der sie gehen wollten, und ich hörte, wie Broadway Francesca fragte, ob ich auch vorhätte hinzugehen. „Denn wenn sie da ist, will León nicht kommen. Und ich habe meinen Freunden versprochen, dass wir mit ihm und Andrés spielen würden“, erklärte er.

Geschockt sprach ich ihn von hinten an: „Sag León, er kann ruhig zu der Party gehen. Ich werde nicht da sein.“ Dann drehte ich mich ohne ein weiteres Wort um und ging.

Abends versuchte ich, zu Hause weiterzuproben. Ámbar erzählte, dass es ihr Traum sei, Tänzerin zu werden. Ich legte Musik auf und zeigte ihr ein paar Schritte. Esmeralda kam dazu, dann Ramallo und schließlich Papa. Am Ende haben wir alle getanzt. Das hat den Tag gerettet!

Am nächsten Tag arbeitete ich erneut an dem Projekt für Youmix. Ich wurde wieder geschminkt und in ein Kostüm gesteckt, aber ich fühlte mich nach wie vor unwohl. „Du musst das Mädchen sein, das alle werden wollen", drängte Marotti. „Ich bin, wie ich bin. Wenn ihr mich nicht wollt, wie ich wirklich bin, warum habt ihr mich dann ausgewählt?", wollte ich von ihm wissen.

„Der Look, den wir entworfen haben, basiert einerseits auf Umfragen darüber, was das Publikum an einem Star sehen will. Und andererseits auf Abstimmungen unserer Nutzer, was sie an dir ändern würden", erklärte er.

Es machte mich ein bisschen traurig zu hören, dass die Leute etwas an mir ändern wollten. Der neue Musiklehrer unterbrach uns, damit wir mit der Probe weitermachten. Ich versuchte, mich aufs Singen zu konzentrieren. Anschließend schüttete ich Angie mein Herz aus. Sie meinte, ich sollte mir wegen Marotti keine Sorgen machen.

„Aber es ist ja nicht nur wegen Marotti. Ich vermisse meine Freunde! Den Unterricht mit den anderen!" Angie drückte mich fest. Ihre Umarmung tat mir gut. Jeremías, der neue Lehrer, fragte mich, warum ich mit der Youmix-Sache weitermachte, und ich erzählte ihm, dass ich es für Papa tat, dass ich ihm helfen wollte, weil es gerade schwierig für uns war.

„Du bist ein tolles Mädchen", sagte er. „Ich bin sicher, wenn dein Vater jetzt hier wäre, würde er dir sagen, dass du Spaß haben und dein Leben genießen sollst, anstatt dir den Kopf wegen seiner Probleme zu zerbrechen."

Ich weiß nicht, warum, aber Jeremías hatte etwas an sich, das mir gut gefiel … Vielleicht war ich ja einfach nur zu dünnhäutig.

Alle gingen zu der Party. Francesca bot an, bei mir zu bleiben, doch ich überredete sie, hinzugehen und sich zu amüsieren.

Abends rief mich Diego an. „Ich war mir sicher, du würdest nicht drangehen."

„Ich bin nur drangegangen, um dir ein für alle Mal zu sagen, dass du mich nicht mehr anrufen sollst."

Er sagte, er habe gehört, dass ich nicht zur Party gehen würde, und wollte sich erkundigen, wie es mir ging. Ich erwiderte, dass es mir nichts ausmachen würde, nicht hinzugehen, aber er ließ nicht locker. „Das glaube ich dir nicht. Es ist sehr mies, was León mit dir gemacht hat, damit du nicht zu dieser Party gehst."

Es ärgerte mich, dass er sich einmischte, daher ließ ich durchblicken, dass ich vielleicht doch zur Party gehen würde, und legte auf.

Papa ging mit Esmeralda ins Kino, und ich blieb mit Ámbar zu Hause. Wir unterhielten uns eine ganze Zeit lang über unsere Väter, und mir kam der Gedanke, dass wir irgendwann vielleicht tatsächlich Schwestern sein würden. Mitten in der Unterhaltung, und es war schon spät, klingelte auf einmal mein Telefon. Schon wieder Diego! Ich nahm wutentbrannt ab. Ich konnte es nicht fassen, dass er so aufdringlich war!

„Ich habe dir ja gesagt, dass ich nicht mehr mit ansehen will, wie du meinetwegen oder irgendwem sonst leidest. Und ich weiß, dass jetzt León derjenige ist, der dich leiden lässt."

„Es reicht! Kein Wort mehr", fuhr ich ihn stinksauer an. Als ich gerade auflegen wollte, bat er mich um ein Lächeln. Genervt erwiderte ich, man könne niemanden am Telefon um ein Lächeln bitten, und dann geschah etwas, mit dem ich nun wirklich nicht gerechnet hatte. Der Vollidiot klopfte an meiner Haustür!

Ich war auf hundertachtzig, als ich aufmachte. Vor der Tür stand Diego, mit einer Mütze und einer Tröte, und warf mir Konfetti ins Gesicht. „Da du nicht zu der Party gegangen bist, bringe ich die Party zu dir." Ich war zwar wütend, aber der Komiker hatte sein Ziel erreicht: Ich konnte nicht anders und musste grinsen.

Dennoch wollte ich ihn fortschicken, aber Diego war fest entschlossen zu bleiben. Er setzte sich eine Clownsnase auf und schaute mich flehend an. „Was kann dir mit diesem Clown schon passieren?", fragte er. „Dass du lachst, bis dir die Tränen kommen? Dass du so viel Spaß hast wie noch nie in deinem Leben? Dass du mich mit Fußtritten vor die Tür setzt?" Ich ließ mich breitschlagen und bat ihn herein.

Diego zeigte mir, an welchen Verbesserungen für seinen Song er gerade arbeitete, und anschließend schauten wir uns einen Horrorfilm an. Wir amüsierten uns köstlich, als urplötzlich Papa nach Hause kam! Als ich die Tür hörte, sprang ich auf und machte Diego ein Zeichen, dass er sich unter dem Sessel verstecken solle. Zu wissen, dass Diego in seinem Versteck war, machte mich ungeheuer nervös. Wenn Papa ihn dort fand, würde er ein Mordstheater machen. Während ich Papa ablenkte, schlich Diego zur Haustür. Um ein Haar wäre er entdeckt worden. Aber es ging noch mal gut!

Als Papa zu Bett ging, atmete ich erleichtert auf. Doch dann kam Ámbar überraschend zu mir! „Bist du noch nicht im Bett?", fragte ich.

„Nein, es war megalustig, dabei zuzusehen, wie du diesen Jungen vor deinem Papa versteckt hast", erwiderte sie keck. „Aber es gibt auch etwas, was du für mich tun kannst: Nimm mich mit ins Studio, ich möchte mir das mal ansehen. Jedenfalls, wenn du nicht willst, dass dein Papa davon erfährt."

Ich starrte sie an. Ich konnte nicht glauben, dass sie mir drohte! Noch bevor ich etwas entgegnen konnte, erschien Papa.

„Was soll ich nicht erfahren?", fragte er todernst. Mir blieb vor Schreck das Herz stehen. Ich wusste nicht, was ich Papa antworten sollte, doch Ámbar war schneller als ich. „Dass ich bei ihr aufbleiben und noch ein bisschen fernsehen durfte", erklärte sie. Papa lächelte nachsichtig und schickte uns ins Bett. Ich atmete erleichtert auf, doch sobald Papa aus dem Zimmer war, nahm Ámbar mich wieder in die Mangel.

„Also, was ist jetzt? Soll ich deinem Papa von diesem Jungen erzählen oder nimmst du mich mit ins Studio?" Ich schaute sie ernst an. „So geht das nicht, Ámbar. Wenn ich dich ins Studio mitnehmen soll, dann frag mich einfach. Du brauchst mich nicht zu erpressen. Wenn du meinem Papa von Diego erzählen willst, bitte sehr. Von mir bekommst du nichts dafür, dass du den Mund hältst."

Sie schaute mich zögernd an und fragte mich, ob es mir denn nichts ausmachte, wenn mein Papa mit mir schimpfen oder mich bestrafen würde. „Natürlich macht mir das etwas aus. Aber wenn ich dich mit ins Studio nehmen würde, damit du mich nicht verrätst, würdest du zwar erreichen, was du willst, aber du würdest im gleichen Moment eine Freundin verlieren. Und das will doch keine von uns beiden. Oder?" Ámbar schaute mich entgeistert an. Ich bat sie, noch einmal darüber nachzudenken, und ging zu Bett.

Doch ich konnte wieder einmal nicht einschlafen. Sobald ich die Augen zumachte, sah ich Leóns Bild vor mir. Ich erinnerte mich an die schönsten Momente, daran, wie wir uns unter diesem herrlichen Baum beinahe geküsst hätten. Ich konnte einfach nicht *nicht* an ihn denken.

Kapitel 4

Ich kam zusammen mit Angie am Studio an. Als wir hineingehen wollten, schaute sie mich an und stutzte. „Was ist los, Vilu?"

„Diese Youmix-Geschichte entfernt mich von allen anderen. Von den Leuten … vom Studio … Ich gehöre nicht mehr dazu", sagte ich traurig.

„Mach das Beste aus der Chance, die

Youmix dir bietet. Das ist alles noch neu für dich. Du wirst dich schon daran gewöhnen." Ich nickte. Es fiel mir nicht leicht, aber ich wollte auch nicht undankbar erscheinen.

Angie ging in ihren Unterricht, und im nächsten Augenblick sprach mich Marotti an. Er schien irritiert. „Violetta! Warum hast du nicht die Sachen an, die wir dir gegeben haben? Du hast dich auch nicht geschminkt und dir die Haare nicht so frisiert, wie wir verabredet haben."

„Ich wusste nicht, dass ich das die ganze Zeit machen soll."

„Von jetzt an bist du nicht mehr du, sondern das Gesicht von Youmix. Die Violetta, die alle sehen wollen!", sagte er entschieden.

Ich nickte und versprach ihm, am nächsten Tag so zu erscheinen, wie sie es wollten. „Nein! Ich rufe direkt an, damit sie herkommen und dich stylen", rief er und rannte raus, um sich der Sache anzunehmen. Ich atmete tief durch und ging zu Francesca und Camila, die vor den Schließfächern standen und sich unterhielten.

Ich hätte zu gerne mitgeredet, aber da ich nicht auf der Party gewesen war, fühlte ich mich ein bisschen außen vor. Bis Francesca auf einmal das Thema wechselte und mich fragte: „Und du, Vilu? Was hast du gestern Abend gemacht?"

„Nichts … Na ja, eigentlich doch … Diego hat mich besucht." Die beiden schrien überrascht auf und starrten mich neugierig an.

„Bitte! Du musst uns erzählen, wie es war!", sagte Francesca.

„Erzählt ihr mir lieber von der Party. Wie war der Auftritt von León und den Jungs?", wechselte ich das Thema. Sie schauten sich an. Irgendetwas verheimlichten sie mir. Sie legten einen Schritt zu und mieden das Thema. Ich hatte Einzelunterricht, daher ließ ich sie gehen, aber es machte mich ganz schön traurig. Ich fühlte mich immer weiter von meinen Freundinnen entfernt.

Beim Tanzunterricht war ich allerdings wieder mit den anderen zusammen. Gregorio war anspruchsvoller als je zuvor. Zu allem Übel machte ich einen Fehler bei der Choreografie. „Ausgerechnet dir dürfen solche Fehler nicht unterlaufen, Violetta. Youmix erwartet hundert Prozent! Ach, was sage ich? Hundert? Hundertfünfzig Prozent! Es muss perfekt sein."

Gregorios Worte brachten mich aus der Fassung. Ich versuchte, mich zu konzentrieren, aber während wir in einem fort die Schritte der Choreo wiederholen mussten, putzte er mich vor den anderen herunter. „Und perfekt ist noch nicht genug. Es muss … einzigartig sein. Du musst die Zuschauer in deinen Bann ziehen!"

Plötzlich wurde es still. Jeremías, der neue Lehrer, hatte aufgehört zu spielen. „Setzen Sie sie nicht ein bisschen zu sehr unter Druck?", fragte er verärgert. Gregorio schaute ihn zuckersüß an und erklärte den Unterricht für beendet. Ich musste grinsen, es tat mir gut, wie Jeremías reagiert hatte.

Die anderen gingen alle zusammen etwas trinken, aber ich konnte nicht mitgehen, da ich mich mit dem Imageberater treffen sollte.

Ludmila kam mit ihrem Tablet in der Hand zu mir. „Echt schade, dass du die Party gestern Abend verpasst hast", sagte sie. „Zum Glück war ich da, und weil ich deine Freundin bin, zeige ich dir etwas, das du dir nicht entgehen lassen darfst."

Blitzschnell schaltete sie ihr Tablet ein, um mir Bilder der Party zu zeigen. Darauf war León zusammen mit Lara zu sehen, der Motorradmechanikerin. Er schien sich prächtig zu amüsieren. Es verschlug mir die Sprache. Als ich wieder hochblickte, stand der echte León vor mir und sah zu, wie ich mir die Aufnahme anschaute.

„Lass uns allein, Ludmila. Ich muss mit Violetta reden", sagte er sehr ernst. Ludmila verdrückte sich, und ich versuchte, die Situation herunterzuspielen. Immerhin hatte León jedes Recht der Welt, sich mit Lara zu amüsieren. „Du brauchst mir keine Erklärungen abzugeben."

„Ich bin nicht hier, um dir irgendetwas zu erklären. Sondern, um von dir eine Erklärung zu hören", sagte er und schaute mir die Augen. „Warum warst du nicht auf der Party?"

Ich erstarrte.

„Warst du nicht dort, weil Diego dich besucht hat?", fragte er vorwurfsvoll.

„Woher weißt du, dass Diego bei mir war? Hat er dir das erzählt?", erkundigte ich mich überrascht.

„Machst du dir mehr Gedanken um Diego als um mich?", wollte er wissen, ohne meine

Frage zu beantworten.

„Glaubst du das wirklich? Dass ich mit ihm verabredet war?", fragte ich enttäuscht.

„Was soll ich denn glauben? Sag's mir!"

„Auf jeden Fall ist mir gerade klar geworden, warum du nicht wolltest, dass ich zu dieser Party komme", erwiderte ich schroff.

„Ich weiß nicht, was du meinst."

„Lara sah toll aus ohne den Blaumann", deutete ich an.

„Ich wusste gar nicht, dass Lara kommt!"

„Und ich wusste nicht, dass Diego bei mir zu Hause auftauchen würde!"

„Du hast ihm die Tür aufgemacht."

So würden wir uns niemals vertragen. Wir waren beide sauer, und keiner von uns glaubte den Entschuldigungen des anderen.

„Diese Unterhaltung ist sinnlos", befand León, um das Gespräch zu beenden.

„Diese Unterhaltung oder unsere Beziehung?", fragte ich.

„Das hast du gesagt", erwiderte er und ging, ohne mich noch einmal anzuschauen.

Ich lud Ámbar ein, mit ins Studio zu kommen, und sie war bei meiner Probe mit Angie und Jeremías dabei. Sie genoss es sehr, bis Marotti hereinplatzte. Er war stinksauer, weil ich meinen Termin mit dem Imageberater vergessen hatte. „So etwas darf nicht passieren! Du hast eine große Verantwortung und musst auf der Höhe sein. Youmix investiert viel in dich", herrschte er mich an.

Später traf ich mich mit meinen Freundinnen. Sie fanden, dass ich schlecht gelaunt aussah, und mutmaßten gleich, woher das kommen mochte. „Ist es wegen Diego?", fragte Camila. „Oder wegen León?", ergänzte Francesca.

Meine Freundinnen wussten, dass es in der letzten Zeit immer mit dem einen oder mit dem anderen zu tun hatte, wenn ich Probleme hatte. „Wegen León. Wie konnte ich mich so in ihm täuschen?"

„Inwiefern?", hakte Camila nach.

„Er denkt, ich wäre nicht zu der Party gekommen, weil ich eine Verabredung mit Diego hatte. Und außerdem hat Ludmila mir ein Video von der Party gezeigt, mit ihm und Lara, seiner Mechanikerin." Die beiden wechselten einen Blick. Sie wussten, was auf der Party vorgefallen war. Camila meinte, dass die Sache mit León und Lara vermutlich schon eine Weile ging. Und ich wusste einfach nicht mehr, was ich von León denken sollte.

Marotti rief alle zusammen, um uns anzukündigen, dass der Direktor von Youmix zur Einführung von mir als Youmix-Girl ins Studio kommen würde. Ich wurde mit Glückwünschen überhäuft, aber glücklich war ich nicht.

Papa wollte wissen, wie die Sache vorangging. Ich wollte nicht, dass Papa sich Sorgen machte, doch er vermutete, dass es einen bestimmten Grund gab, warum ich die Bedingungen von Youmix akzeptiert hatte. „Und welcher Grund soll das sein?", fragte ich.

„Die Vorstellung, dass du mir helfen und unsere finanzielle Situation verbessern kannst, indem du Geld verdienst", erwiderte er und sah mich traurig an.

„Das ist nicht der Grund. Jedes Mädchen träumt davon, das Gesicht von Youmix zu sein, Papa. Es ist hart. Aber es bereitet mich darauf vor, Erfolg zu haben und all das …", versuchte ich ihn zu überzeugen. Ich bemühte mich, ihn mit meiner Entscheidung nicht weiter zu behelligen, aber das war so gut wie unmöglich. Papa würde sich immer um mich Sorgen machen.

Am nächsten Tag zog ich mich so an,

schminkte mich und machte mir die Haare, wie es von mir verlangt worden war.

Als ich ins Studio kam, merkte ich, dass mein neues Outfit Eindruck machte. Alle starrten mir nach. Es war mir unglaublich peinlich, aber sie würden sich ebenfalls an diesen neuen Stil gewöhnen müssen.

León sah mich erst an und wandte sich dann demonstrativ ab. Sein Verhalten verletzte mich, ich fühlte mich ignoriert und zurückgewiesen. Doch ich unterdrückte meine Tränen und ging weiter.

Als Nächster lief mir Diego über den Weg. Er merkte, dass es mir wegen León schlecht ging. „Was hat er getan?"

„León glaubt, ich wäre nicht zu der Party gekommen, weil ich mit dir verabredet war", erwiderte ich und wischte mir die Tränen ab. „Aber das ist es nicht allein."

„Was ist denn sonst noch?"

„Dieser Look ist mir wahnsinnig peinlich. Das bin doch nicht ich." Diego musterte mich lächelnd. „Aber du siehst toll aus! Ehrlich, ich finde, es dürfte gar nicht anders sein." Er machte mir wieder einmal Komplimente.

Ich fühlte mich nicht wohl in diesen Sachen, total fremd, regelrecht verkleidet, und das war mir peinlich. Diego nahm meine Hand und begleitete mich zum Klassenraum.

Als ich später mit Camila und Francesca vor den Schließfächern stand, sahen wir, wie Diego zu León ging und versuchte, die Sache mit ihm zu klären. Die beiden waren nicht zu überhören. „Violetta hat mich an dem Abend, an dem die Party war, nicht zu sich eingeladen. Wir waren nicht verabredet", sagte er.

„Das ist mir egal. Mir steht diese ganze Sache bis obenhin", erwiderte León.

„Von dir habe ich sowieso nichts anderes erwartet. Aber was Violetta getan hat, ist schlimmer. Du bist ein schlechter Mensch, aber wenn sie dir die Tür aufmacht und dich hereinbittet, heißt das –"

„Was?", fragte Diego. „Dass sie auch nicht unbedingt besser ist", antwortete León barsch.

Als er mich hörte, drehte León sich um und schaute mich an. Ich fühlte mich schrecklich und rannte hinaus. Ich flüchtete mich in den Raum, in dem wir Gesangsunterricht hatten. Ich versuchte, mich auf die Arbeit zu konzentrieren, aber Diego kam mir nach und wollte wissen, wie es mir ging. „Mir geht es gut, Diego. Ehrlich. Ich muss vor dem Unterricht noch etwas wiederholen. Du kannst ruhig wieder gehen."

„Ich gehe, aber vorher …"

Ohne ein weiteres Wort schloss er mich in seine Arme. Und ich ließ mich von meinen Gefühlen mitreißen, ich brauchte es, dass mich jemand in den Arm nahm, und fing an zu weinen.

„Ich bin bei dir, weil es dir schlecht geht, mehr nicht. Ich weiß, wie sehr es dir wehgetan haben muss, das zu hören."

„Wie konnte ich mich so sehr täuschen, Diego?"

„Vielleicht hast du dich nicht getäuscht. Vielleicht habt ihr euch beide verändert, du und er …", tröstete er mich. „In wem ich mich mit Sicherheit getäuscht habe, das bist du", sagte ich dankbar. „Dann bin ich also doch nicht so schlimm, wie ich aussehe?", fragte er und zog eine seiner albernen Grimassen. Diego schaffte es tatsächlich, mich sogar dann zum Lachen zu bringen, wenn es ganz hart kam. Ich bedankte mich bei ihm und ging zurück an die Arbeit.

Dann sollte ich den Vertrag unterzeichnen, doch wer nicht auftauchte, war Papa. Wir warteten voller Ungeduld, bis Papa endlich kam. Als er unterschreiben wollte, hielt Papa im letzten Moment inne und sah mich an. „Ich kann das nicht unterschreiben."

„Wo liegt das Problem?", fragte Marotti.

Bevor er unterschrieb, wollte Papa noch einmal mit mir reden. Marotti ließ uns allein und ich bat Papa, zur Sache zu kommen.

„Ich will nur eines wissen: Tust du das aus freien Stücken oder weil du dafür Geld bekommst?"

„Ich habe es dir schon einmal gesagt. Es stimmt, dass mir dieser Look eigentlich nicht gefällt. Aber ich werde mich sicher daran gewöhnen. Es ist ein sehr wichtiger Schritt für mich."

„Du hast meine Frage nicht beantwortet."

„Weil wir das Thema schon durchgekaut haben! Ich weiß nicht, warum du immer wieder darauf zurückkommst! Ich mache das nicht wegen des Geldes, Papa. Sie bieten mir eine Riesenchance und … ich will einfach sehen, was passiert!" Ich versuchte überzeugend zu klingen. Es stimmt, dass ich Papa anlog, aber es musste sein. Er sagte mir, dass er mich von ganzem Herzen lieb hatte, und wir fielen uns glücklich in die Arme. Als Marotti zurückkam, unterschrieb Papa anstandslos.

In der Nacht träumte ich, ich hätte León gesucht, um mit ihm zu reden, und hätte ihn am Fluss getroffen. „Warum muss alles so kompliziert sein?", fragte ich ihn beklommen. „Wir machen es kompliziert. Dabei ist es ganz einfach", sagte er und nahm meine Hand. Dann legte er seinen Arm um meine Taille. Ich schloss die Augen und wartete auf den schönsten Kuss der Welt, aber der kam nicht. Als ich die Augen wieder aufschlug, stand vor mir nicht mehr León, sondern Diego! Erschrocken wachte ich auf. Warum tauchte bloß Diego ständig in meinen Träumen auf?

Kapitel 5

Francesca und Camila waren ganz in ihr Gespräch vertieft. Als ich hinzukam, sagte Fran gerade etwas über einen Kuss mit Maxi. „Du hast Maxi geküsst?", fragte ich begeistert.

Camila machte mir sofort ein Zeichen, dass ich den Mund halten sollte. Ich konnte es vor Neugier kaum aushalten.

„Ich verpasse ja alles! Warum hast mich nicht abends noch angerufen?"

„Ich habe dich angerufen, aber es war nur die Mailbox dran."

„Ich bin früh ins Bett gegangen. Wegen dem ganzen Unterricht war ich todmüde. Später bin ich von einem Albtraum aufgewacht und –"

„Beklagst du dich etwa?", fiel mir Francesca ins Wort.

„Es ist bloß … Ihr fehlt mir so!" Sie machten mir Mut, und wir fielen uns alle drei in die Arme.

Später hatte ich meinen ersten Termin bei Alex, dem berühmten Imageberater. Ich versuchte, ihm zu sagen, dass ich mich mit dem neuen Stil nicht so richtig wohlfühlte. Dass ich lieber etwas anderes ausprobieren würde.

„Was würde dir denn gefallen? Wieder zurück zu deinem Fummel ohne Persönlichkeit? Inakzeptabel!"

Ich war sprachlos.

„Du bist ein Star! Du musst gut aussehen, Stärke ausstrahlen. Dein alter Look war nichtssagend." Nichts von dem, was Alex sagte, hatte mit mir zu tun.

„Das romantische kleine Mädchen mit seinen Kinderträumen von der Liebe. Die ganze Welt in Rosarot. Pah! Wirklich sehr hübsch. Du bist unerreichbar, unberührbar. Ein Mädchen, das für den Erfolg lebt, das nicht an die Liebe glaubt!"

„Ach? Ich glaube also nicht an die Liebe?", fragte ich überrascht.

„Nein!", sagte er rundheraus. „Mehr noch: Violetta liebt nicht, sie wird geliebt. Das wird sich in deinen Songs widerspiegeln, in deinem Look, in dem, was du sagst. Du wirst den Erfolg verkörpern. Was hältst du davon?"

Mir stand das Ganze bis obenhin. Ich konnte einfach nicht glauben, was ich gerade gehört hatte. Ich lehnte es entschieden ab, mich in eine solche Person zu verwandeln.

„Ich glaube, ich lasse die ganze Sache besser sein", sagte ich bestimmt.

„Wie? Du lässt es sein?", fragte Marotti.

„Ich will das alles nicht, was er sagt. Ich glaube, ihr müsst euch eine andere suchen, die dahintersteht. Entschuldigt mich bitte …" Ich unterdrückte die Tränen und ging.

Wie immer suchte ich in dem Raum Zuflucht, in dem wir Gesangsunterricht hatten. Mein Herz war schwer, mir flatterten die Nerven, und es war wieder einmal Diego, der mich tröstete.

„Ich will ein Star sein. Ach was, ein Star … Ich will bei den Leuten ankommen. Wenn ich das Publikum spüren und den Leuten etwas geben kann, was ihre Emotionen anspricht, fühle ich mich wirklich lebendig. Das ist einfach genial", sprudelte es aus mir heraus.

„Aber?"

„Aber ich will nicht jemand anderes werden, um das zu erreichen! Wenn ich nicht ich selbst sein kann, hat das alles keinen Sinn."

Als Diego mir riet, den ganzen Kram hinzuschmeißen, sagte ich ihm nicht, dass ich genau das bereits getan hatte. Ich war mir nicht mal sicher, ob ich mich vor dem Imageberater klar genug ausgedrückt hatte. Ich war verzweifelt und wusste mir keinen Rat.

„Das ist alles nicht so einfach. Ich will ja auch meinem Papa helfen", sagte ich.

„Du hilfst ihm nicht, indem du unglücklich bist."

Diego hatte recht, aber ich war mir nicht sicher, was ich tun sollte. Er merkte, wie verwirrt und entmutigt ich war, und kam auf mich zu, bis er ganz nah vor mir stand. Ich konnte ihm ansehen, dass er mich küssen wollte.

„Entschuldige", sagte er und wandte sich ab. „Ich weiß nicht, was mit mir los ist, wenn ich mit dir zusammen bin. Ich benehme mich jedes Mal wie ein Trottel. Ehrlich, es tut mir leid –"

„Nein, nein, schon gut", sagte ich ein wenig unangenehm berührt, aber auch etwas geschmeichelt.

„Doch. Dir geht es schlecht, und mir fällt nichts Besseres ein, als dich küssen zu wollen. Ich muss mich zurückhalten. An dich denken, nicht an mich … "

Ich versuchte, die Situation herunterzuspielen, und sagte, das Entscheidende sei doch, dass er es rechtzeitig bemerkt und einen Rückzieher gemacht habe.

Doch es stand Diego ins Gesicht geschrieben, dass er sich über sich selbst ärgerte. Er bat mich um Verzeihung und ging.

Dann kam Pablo, der mit mir noch einmal über meinen Rücktritt und das, was ich zu Alex gesagt hatte, reden wollte. Ich bat ihn um Verzeihung, dass ich einfach so abgehauen war.

„Keine Sorge. Ich kann nachfühlen, wie es dir geht. Versteh mich nicht falsch, ich will dich nicht unter Druck setzen. Ich glaube, dass du in gewisser Weise sogar recht hast", sagte er verständnisvoll.

„Aber?"

„Aber ich möchte nicht, dass du eine übereilte Entscheidung fällst. Das Angebot von Youmix ist eine große Chance. Deshalb bitte ich dich, um deinetwillen, nicht für das Studio oder für Youmix, dass du dir Zeit nimmst und dir die Sache gut überlegst. Ich möchte nicht, dass du es nachher bereust. Schlaf eine Nacht darüber, dann sagst du mir morgen, wie du dich entschieden hast. Was hältst du davon?"

Ich dankte ihm und verfiel ins Grübeln. Als Francesca sah, dass ich Sorgen hatte, wollte sie wissen, was los war.

„Die Sache mit Youmix macht mir zu schaffen, Fran. Es kommt mir vor, als wollten sie aus mir jemanden machen, der ich nicht bin."

„Es wird bestimmt alles gut. Verlass dich auf deine Freunde und deine Familie. Hast du León gesehen?"

Ich schaute sie irritiert an, da ich keine Ahnung hatte, worauf sie hinauswollte.

„Nein. Warum fragst du nach ihm?"

„Weil ich glaube, dass es dir im Moment guttun würde, mehr mit ihm zusammen zu sein und Diego aus dem Weg zu gehen."

„Da ist nichts mit Diego, ich weiß nicht, wie du auf so etwas kommst …"

Francesca hatte offenbar gesehen, wie ich mich mit Diego unterhalten hatte, und sich irgendwas zusammengereimt. Also erklärte ich ihr, dass er bloß ein Freund sei, aber Fran wollte es nicht verstehen.

„Diego verändert sich. Und jeder Mensch verdient eine zweite Chance. Oder etwa nicht?", fragte ich.

„Ja, aber ich mag diesen Typen nicht. Ich traue ihm nicht über den Weg, und ich will nicht, dass er oder irgendwer anders dir wehtut."

Ich war ihr dankbar, dass sie sich so um mich sorgte. Francesca war die beste Freundin, die man nur haben konnte.

Am Nachmittag besuchte mich Camila. Es tat mir gut, Zeit mit meinen Freundinnen zu verbringen. Ich erzählte ihr alles, was mit Pablo, Marotti und dem Imageberater vorgefallen war. Aber Camila war mit den Gedanken woanders und hörte mir nicht richtig zu. Irgendetwas stimmte nicht mit ihr, und ich wollte wissen, was.

„Wenn du den Freund einer Freundin mit einer anderen sehen würdest – was würdest du tun?“, fragte sie mich sorgenvoll.

„Du hast León mit einer anderen gesehen?“, fragte ich hitzig.

„Nein!“

„Sag mir die Wahrheit, Camila. Ich will es wissen.“

„Ich spreche nicht von León“, erklärte sie. „Meine Frage war rein hypothetisch ...“

„Lüg mich nicht an, Camila! Ich kenne dich. Mit wem hast du León gesehen?“, bohrte ich nach. Camila versicherte mir noch einmal, dass es nicht um León ginge, und blies eilig zum Rückzug.

„Bist du sauer?“

„Nein, ehrlich nicht. Es ist spät geworden. Entschuldige, ich weiß, dass diese Geschichte mit Youmix wichtig für dich ist, und habe dir nicht richtig zugehört … Du darfst dich nicht selbst verraten, denn wenn du das machst, funktioniert nachher gar nichts mehr."

„Was meinst du damit?"

„Dass du es nicht nur für deinen Papa tun sollst, weil es sonst am Ende übel ausgehen wird. Aber denk daran, wie wichtig das für dich sein kann. Es ist sicher kein allzu großes Opfer, ein bisschen nachzugeben, wenn du damit etwas so Wichtiges erreichen kannst, oder? Du musst bei der ganzen Sache ehrlich sein. Dir klar werden, was du willst, und dann entsprechend handeln, Vilu."

Ich umarmte sie dankbar. Doch als Camila fort war, verfiel ich ins Grübeln. Hatte sie León etwa mit einer anderen gesehen? Er war nicht im Studio gewesen. Ich musste wissen, was er machte. Also nahm ich mein Handy und rief ihn einfach an!

León klang reserviert, als er sich meldete. Also schob ich einen Grund vor.

„Da du heute gefehlt hast, wollte ich nachhören, ob alles okay ist. Bist du krank?"

„Nein, ich bin nicht krank. Warum?"

„Wir haben uns Sorgen gemacht, weil du nicht ans Telefon gegangen bist."

„Ich war beschäftigt, ich habe mit dem Motorrad trainiert."

„Mit Lara ..." León schwieg kurz, dann sagte er: „Wir haben etwas am Motor repariert."

„Einen Moment lang habe ich gedacht, du hättest das Studio verlassen."

„Deinetwegen?" Er lachte.

„Ja, ich weiß, dass es Quatsch ist ... So wichtig bin ich dir nicht", sagte ich kleinlaut.

„Niemand ist mir so wichtig."

„Ja, klar ... Und du würdest es auch nicht tun. Dafür singst du viel zu gern ..."

„Genau.“

Für einen Augenblick breitete sich ein unangenehmes Schweigen zwischen uns aus.

„Sonst noch was?“, fragte er und wollte schon auflegen.

„Nein, das war alles. Ich wollte nur hören, wie es dir geht.“

„Okay. Mir geht es super. Wir sehen uns.“

Als wir gerade auflegen wollten, hielt ich es nicht länger aus. Ich musste mich von diesem Zweifel befreien.

„León!“, rief ich hastig, damit er noch dranblieb.

„Ja?“

Ich nahm all meinen Mut zusammen und fragte: „Bist du mit Lara zusammen? Sag mir die Wahrheit.“

León schwieg für einen Moment, der mir vorkam wie eine Ewigkeit.

„León, bist du noch da?"

„Ja", sagte er einsilbig.

„Dann antworte mir. Bist du mit Lara zusammen?", fragte ich voller Panik.

„Violetta …", antwortete er genervt.

„Ich will mich gar nicht einmischen, aber ich muss es wissen."

„Nein, ich bin nicht mit Lara zusammen", antwortete er und schwieg erneut.

Erleichtert atmete ich auf und bat ihn um Verzeihung. Ich kam mir saublöd vor. Wir verabschiedeten uns und legten auf. Einerseits war ich beruhigt, aber andererseits war da etwas an der Antwort, das mir keine Ruhe ließ.

Kapitel 6

Angie versuchte, mir Chemieunterricht zu geben, aber ich konnte an nichts anderes denken als an Youmix und die Antwort, die ich geben sollte. Ich war vollkommen durcheinander. Mit den Veränderungen, die sie mir vorschlugen, fühlte ich mich nicht wohl, aber gleichzeitig wusste ich, dass es für mich eine Riesenchance war.

„Egal, was du tust, es wird das Richtige sein. Also befrei dich von dieser Last", sagte Angie so verständnisvoll wie immer.

„Danke. Du ahnst nicht, wie gut mir deine Worte tun."

Dann gingen wir ins Studio.

Der Erste, der zu mir kam, war Diego. Er wollte wissen, wie es mir ging, und ich erzählte ihm, dass ich mich noch nicht entschieden hatte.

„Wenn es dir so schlecht geht, ist es sicher besser, du wirfst es hin. Dann ist diese Youmix-Geschichte eindeutig nichts für dich. Das habe ich dir ja schon mal gesagt", erklärte er.

Als León kam, freute ich mich, dass er wieder da war. Doch er begrüßte mich kühl und reserviert.

„Ich kann nicht fassen, dass León so ein Idiot ist", sagte ich zu Francesca.

„Was soll er denn tun? Jedes Mal, wenn er dich sieht, ist Diego bei dir!", erwiderte sie.

Tief in meinem Inneren hoffte ich, dass sich bald alles zwischen uns klären würde.

Nach dem Unterricht traf ich mich mit Marotti und Pablo, wie versprochen. Alex, der verhasste Imageberater, war auch dabei.

„Hast du einen Entschluss gefasst? Wir haben nicht mehr viel Zeit bis zur Präsentation", sagte Marotti.

„Wie hast du dich entschieden, Violetta?", fragte Pablo.

„Ich würde gern weitermachen, aber ich spüre, dass ich nicht die bin, die ihr sucht. Ich glaube, ihr wollt eine, die Sachen von sich gibt, die ich niemals sagen würde", erklärte ich. „Ihr wollt eine, die die anderen imitieren sollen, aber ich glaube, dass jeder Mensch ist, wie er ist. Genau das macht uns einzigartig."

Sie schauten mich ernst und sehr aufmerksam an. Ich wollte alles loswerden, was mir durch den Kopf ging und wie ich mich fühlte, also fuhr ich fort: „Ihr zieht mir Sachen an, die nicht zu mir passen." Bei diesen Worten zog ich mir das T-Shirt aus. „Ich würde niemals Schuhe tragen, die mir an den Füßen wehtun, bloß weil sie gut aussehen."

Ich zeigte ihnen die Schuhe und wischte mir dann das Make-up vom Gesicht.

„Und auch kein Make-up, hinter dem man mein Gesicht nicht mehr erkennen kann … ebenso wenig eine Frisur, die mich genauso viel Zeit kostet, wie ich bräuchte, um einen guten Song zu komponieren", sagte ich und fuhr mir mit den Fingern durch die Haare. Sie ließen mich gewähren und schauten mich bloß an.

„Ich weiß nicht, welcher Jugendliche ein Lied hören möchte, das nichts ausdrückt oder nicht von etwas erzählt, das seine Emotionen anspricht. Meine Lieder handeln von mir, davon, was ich fühle, von meiner Wahrheit! Alle sollen ihr Bestes geben und so sein, wie sie sein müssen. Das ist meine feste Überzeugung. Ich glaube nicht, dass jemand so sein muss wie ich. Ich gebe alles, was ich geben kann, weil ...“

Ich starrte sie an und versuchte, ihnen so klar wie möglich zu sagen, was in Wahrheit für mich zählte. „Ich bin einfach Violetta. Und Singen ist mein Leben!“

Sie saßen wie erstarrt da, bis einer von ihnen euphorisch zu klatschen begann. Es war Alex! Ausgerechnet der, den ich am wenigsten mochte. „Das ist perfekt! Das ist genau das, was wir gesucht haben. Ein Mädchen mit Persönlichkeit, eine, die sich für das, was sie will, einsetzt.

Eine Querdenkerin, aber eine mit Werten, die etwas zu sagen hat", rief er begeistert aus.

Ich verstand kein Wort. Sollte das heißen, sie wären damit einverstanden, wenn ich so weitermachte?

„Wir haben nach einem Look gesucht, weil wir fanden, dass deiner nicht rebellisch genug war. Aber das, was du jetzt erreicht hast, ist genau das, was wir wollen. Fühlst du dich so wohl?", erkundigte sich Alex.

„Ja", erwiderte ich schüchtern.

„Bewahr dir das. Sag es, so oft du willst. Genau das ist es, was Youmix von dir erwartet! Und jetzt an die Arbeit! Ich bereite alles vor, damit die Proben weitergehen können. Ausgezeichnet!", ergriff Marotti begeistert das Wort.

Alex und Marotti verließen den Raum in Hochstimmung.

„Na, hast du gesehen, dass du alles hast, was nötig ist?", fragte Pablo.

Ich fiel ihm erleichtert um den Hals und umarmte ihn fest. Als ich den Konferenzraum verließ, traf ich Jeremías, den Klavierlehrer, der mich gerührt anschaute.

„Dein Papa muss sehr stolz auf dich sein", sagte er mit Tränen in den Augen.

Ich verließ das Studio und setzte mich auf den Platz. Ich wollte eine Weile ungestört und allein sein. Mir war eine Riesenlast von der Seele gefallen. Ich atmete tief durch, entspannte mich und dachte nach, bis ich plötzlich León entdeckte.

„León", rief ich.

Doch das Brummen eines Motorrads übertönte meine Stimme. Er hörte mich nicht. León ging hinüber, der Fahrer nahm den Helm ab und ich sah, um wen es sich handelte: Lara!

León begrüßte sie, und sie erwiderte den Gruß ausgesprochen herzlich. Sie reichte ihm den anderen Helm, er stieg hinter ihr auf, und sie fuhren zusammen weg. León hatte mich nicht gesehen. Er wusste nicht, dass ich alles mit angesehen hatte. Mir war elend zumute.

Am Abend versenkte ich mich in mein Tagebuch. Ich musste mir diese unsagbare Traurigkeit von der Seele schreiben. Ich konnte den Gedanken an León und Lara einfach nicht loswerden. Es war nicht zu fassen, dass León mich derart angelogen hatte. Warum tat er das? Warum war er mir gegenüber nicht von Anfang an ehrlich gewesen? Da fiel mir ein Satz ein, den ich irgendwann einmal gehört hatte.

„Besser eine schmerzliche Wahrheit als eine infame Lüge."

Als es an meine Zimmertür klopfte, schrak ich zusammen, doch es war nur Francesca. Sie suchte verzweifelt nach Camila. Ich erkundigte mich, was denn mit Camila los sei.

„Es war seine Italienischlehrerin", sagte Francesca.

„Ich verstehe kein Wort", erwiderte ich.

„Er hat für mich Italienisch gelernt! Ist er nicht göttlich?"

„Wer?" Ich verstand immer weniger.

„Marco! Er ist ein Schatz, und ich werde ihn verlieren. Und daran ist Camila schuld. Wo kann sie nur sein?"

Schließlich klärte mich Fran auf, worum es ging. Camila hatte Marco mit einer anderen gesehen. Deshalb war sie so aufgebracht gewesen. Sie hatte Marco gesehen, nicht León!

„Heute war der furchtbarste Tag meines Lebens! Und Camila ist daran schuld! Wenn ich sie finde, bekommt sie was von mir zu hören", sagte Fran und eilte fort, um nach ihr zu suchen.

Als ich allein war, kam ich auf die Idee, León anzurufen. Ich musste aus seinem Mund die Wahrheit hören, doch ich erreichte nur seine Mailbox. Ich legte wieder auf und machte mich stattdessen auf den Weg zu ihm.

León hörte in seinem Zimmer Musik und war überrascht, als ich plötzlich vor ihm stand.

„Deine Mutter hat mir aufgemacht. Ich muss mit dir reden, León … Es ist wichtig, und was ich dir zu sagen habe, dauert nicht lang. Ich bin hergekommen, weil du nicht auf meine Anrufe reagiert hast."

„Ich habe mich auf die Musik konzentriert und das Telefon nicht gehört", erwiderte er.

„Egal. Ich wollte dir nur sagen, es war nicht nötig, mich anzulügen."

„Womit habe ich dich angelogen?"

„Ich habe dich gefragt, ob du mit Lara zusammen bist, und du hast Nein gesagt", sagte ich verletzt. León verzog das Gesicht und schaute mich an. Er suchte krampfhaft nach einer Ausrede.

„Ich habe euch heute auf dem Platz gesehen, als sie dich mit dem Motorrad abgeholt hat."

„Violetta ...", versuchte er sich schnell zu rechtfertigen.

„Ich habe gesehen, wie du sie angeschaut hast. Ich kenne diesen Blick. Wenn du mit mir Schluss machen wolltest wegen ihr, hättest du es mir nur zu sagen brauchen. Es hätte mir wehgetan. Aber dass du mich angelogen hast, tut mehr weh", sagte ich aufrichtig.

„Ich habe dich nicht angelogen!"

„Du kannst sagen, was du willst. Denn ich glaube dir nicht mehr." Ich schaute ihn schweigend an. Ich war verletzt und unglaublich enttäuscht. Dann drehte ich mich um und ging.

Als ich nach Hause kam, bekam ich einen furchtbaren Schreck. In dem Moment, in dem ich mein Zimmer betrat, ging die Nachttischlampe an!

„Wo warst du?", fragte Papa böse.

„Bei León", sagte ich wahrheitsgemäß und fügte schuldbewusst hinzu: „Ich habe nicht Bescheid gesagt, stimmt's?"

Papa hatte allen Grund, sauer zu sein. Ich hatte nicht nachgedacht, sondern war einfach aus dem Haus gegangen, ohne zu irgendwem ein Wort zu sagen, und dann auch noch um diese Zeit. „Wenn ich gesagt hätte, dass ich zu León will, hättest du mich dann wirklich gehen lassen?"

„Darum geht es nicht. Du hast dich heimlich aus dem Haus gestohlen und bist nicht ans Handy gegangen, dabei habe ich dich fünfmal angerufen!", erklärte er streng.

Ich sah ein, dass ich einen Fehler gemacht hatte, und entschuldigte mich, aber das war Papa nicht genug. „Für einen kurzen Moment habe ich geglaubt, du wärst reifer und erwachsener geworden und hättest mein Vertrauen verdient."

„Aber, Papa! Du hast mir doch noch nie vertraut! Du hast nie auch nur im Traum daran gedacht, mir das Vertrauen zu schenken, von dem du sprichst, und jetzt hast du den perfekten Vorwand", widersprach ich beklommen.

„Vielleicht hast du recht. Eine innere Stimme hat mir gesagt, dass du noch nicht so weit bist. Jetzt ist mir klar, dass sie recht hatte."

„Bist du hier, um mir zu sagen, dass sich nichts ändern wird? Dass du mich weiterhin behandeln wirst wie ein Kleinkind?", fragte ich mit Tränen in den Augen.

„Es tut mir in der Seele weh, Violetta. Aber du hast mich hintergangen", sagte er und brach mir damit das Herz. Ich konnte nichts erwidern. Er war ja ohnehin fest entschlossen, meine Entschuldigung nicht anzunehmen. Bevor Papa ging, sagte er noch: „Bei Dingen, die dir wichtig sind, bist du sehr verantwortungsbewusst, Violetta. Nach heute Abend weiß ich nun, dass ich nicht dazugehöre."

Traurig und verärgert ging er hinaus. Das hatte mir gerade noch gefehlt! Streit mit Papa. Von León getrennt. Mit jedem Tag wurde es schlimmer.

Kapitel 7

Ich ging so früh ich konnte ins Studio und setzte mich ans Klavier, weil ich in aller Ruhe üben wollte, um für die Präsentation vor dem Direktor von Youmix voll auf der Höhe zu sein.

Als Diego mich hörte, kam er wie immer zu mir. Er bemerkte meine Nervosität und versuchte, mir Mut zu machen. „Alles wird gut, entspann dich. Du wirst einen glänzenden Auftritt hinlegen und ihnen zeigen, dass sie recht hatten, als sie dich ausgewählt haben!" Ich lächelte dankbar und machte mich wieder an meine Arbeit. Diego setzte sich ans Klavier. Ich schloss die Augen und begann zu singen. Wie sehr ich das brauchte. Bloß singen, ohne an etwas anderes denken zu müssen!

Später hatte ich bei Jeremías Unterricht. Er bemerkte, dass ich anders war, und wollte wissen, was los war. „Liebeskummer?"

„Ein bisschen … und außerdem habe ich mich mit Papa gestritten", sagte ich.

Jeremías wollte mehr darüber hören. Anfangs war er auf Papas Seite, aber ich gab mir Mühe, ihm meine Sicht zu erklären.

„Er möchte, dass ich alles so mache, wie er es will, und versteht nicht, dass ich vielleicht anders an die Dinge herangehe."

„Ganz egal, warum er mit dir gestritten hat, für einen Vater ist es sehr schwierig, seine Tochter heranwachsen zu sehen."

„Meinem fällt es schwer zu akzeptieren, dass ich schon erwachsen bin."

Jeremías sah mich ernst an. In diesem Moment kam Diego herein und sagte, Gregorio würde dringend nach ihm suchen. Als Jeremías hinausging, blieb Diego bei mir.

„Warum machst du nicht einen Moment Pause? Es ist nicht gut, wenn du dich so anstrengst", meinte er. Aber ich wollte weiterproben, also begleitete er mich wieder auf dem Klavier.

Ein paar Minuten später platzte Francesca herein. Sie stand total unter Strom. Als Diego etwas zu trinken holen ging, nutzte Francesca die Gelegenheit, um mich zusammenzustauchen. „Sag mir die Wahrheit. Bist du mit Diego zusammen?"

„Nein! Das habe ich dir doch schon gesagt. Wir sind nicht mal richtig befreundet."

„Dann verstehe ich dich nicht. Was soll das? León war an der Tür, aber als er euch zusammen gesehen hat, ist er gegangen. Und zwar zu Recht! Ich bin genauso schockiert darüber, dass du zulässt, wie Diego sich an dich heranmacht!"

Ihre Worte trafen mich tief. „Weißt du was? Es ist mir egal, was León denkt, wenn er mich mit Diego sieht." Francesca starrte mich an.

„Ich habe ihn mit Lara gesehen, und als ich ihn darauf angesprochen habe, ob er mit ihr zusammen ist, hat er es abgestritten … und zur gleichen Zeit, als er mir weismachen wollte, wie sehr er leidet, hat er versucht, bei Lara zu landen", sagte ich zutiefst verletzt.

Während wir uns auf unseren Auftritt vor den Managern von Youmix vorbereiteten, waren wir alle unheimlich nervös.

Kurz vor der Show wollte ich ein letztes Mal meinen Song proben, da geschah das Schlimmste, was mir passieren konnte. Meine Stimme war weg!

Camila und Francesca sahen mich erschrocken an. Ich räusperte mich verzweifelt.

„Ich habe keine Stimme", krächzte ich kaum hörbar.

„Sie braucht Tee", schlug Camila vor.

„Nein, sie muss gurgeln!", rief Francesca. „Ich glaube nicht, dass das was bringt", flüsterte ich immer leiser.

„Ich habe dir ja gesagt, du sollst nicht so viel üben! Und dann hast du auch noch dieses Demo aufgenommen."

Wir waren ratlos. Ich flehte sie an, bloß niemandem ein Wort darüber zu sagen. „Das

Ganze ist unheimlich wichtig für mich. Ich will meinem Papa helfen. Ich darf nicht ausgerechnet an dem Tag schlappmachen, an dem der Direktor von Youmix herkommt!"

„Und wenn ihr mir das Mikrofon gebt und ich an deiner Stelle singe?", bot Camila an.

Aber das war unmöglich, das würden sie merken. Wir waren total verzweifelt, bis Francesca einen Geistesblitz hatte.

„Ich weiß was! Das Band! Darauf ist alles, was wir benötigen."

„Du meinst, ich soll Play-back singen? Das merkt man doch!", wandte ich besorgt ein.

Francesca versprach, sich um alles zu kümmern. Da wir keine andere Wahl hatten, stimmten wir zu. Ich gab ihr die Kopie der Aufnahme, die ich dabeihatte, und wir machten uns auf den Weg. Wir waren zu allem bereit, was uns retten konnte!

Die Vorstellung begann. Vor lauter Nervosität bekam ich nicht ein Wort heraus.

Pablo trat auf die Bühne und moderierte die Show. „Herzlich willkommen zu einer neuen Vorstellung des On Beat Studio! Zunächst einmal möchte ich allen Anwesenden für ihr Kommen danken. Wie Sie wissen, ist dies eine besondere Gelegenheit für die jungen Leute, die sehr hart dafür gearbeitet haben, für Sie heute einmal mehr eine fantastische Leistung abzuliefern. Darüber hinaus präsentiert Youmix Ihnen heute exklusiv seinen neuen Star: Violetta Castillo!"

Das Publikum applaudierte. Als wir die Bühne betraten, holte ich tief Luft und begann, den Song zu performen, als würde ich ihn live singen.

Als ich mit dem Song fertig war, konnte ich sehen, wie die Lehrer mich stolz anschauten. Ich atmete auf! Wir hatten es geschafft!

Der Direktor von Youmix gratulierte mir herzlich. Auch Antonio, Marotti und Pablo waren zufrieden mit meiner Leistung, aber ich fühlte mich schuldig. Ich hatte sie hintergangen.

„Ich wusste immer, dass du richtig gut bist, aber so fantastisch wie diesmal warst du noch nie, Violetta. Deine Stimme klang makellos", lobte Marotti.

„Wir sind alle ungeheuer stolz, mit wie viel Herzblut und Engagement du an die Sache herangehst", sagte Pablo.

„Danke", flüsterte ich, so gut es ging. Tief in meinem Inneren fühlte ich mich schrecklich.

Bei Camila und Francesca konnte ich meinem Herzen endlich Luft machen und sagen, was ich in Wahrheit empfand. „Ich bin das Allerletzte!", klagte ich. „Ich fühle mich grauenhaft. Play-back zu singen ist Betrug. Ich habe alle belogen."

Fran spielte die Sache herunter: „Aber bloß ein kleines bisschen."

„Du hattest keine andere Wahl, Vilu. Was hättest du denn anderes tun sollen ohne Stimme", stimmte Camila zu.

„Ich habe meinen Stimmbändern bestimmt zu viel abverlangt. Seit dem frühen Morgen habe ich die ganze Zeit geprobt."

Wir fielen uns in die Arme. Zum Abschied dankte ich ihnen noch einmal für ihre Hilfe. Dann zogen die beiden ab, und ich musste mich dringend ausruhen.

Da kam León auf mich zu. Er wollte mit mir reden. „Geht es dir gut?"

„Ja. Warum?", antwortete ich reserviert.

„Du hast Play-back gesungen. Du brauchst es nicht abzustreiten, ich habe es gemerkt."

Ich schämte mich, als ich seine Worte hörte. „Ich habe zu viel geprobt", sagte ich kleinlaut.

„Verstehe."

Ich schaute ihn beschwörend an und erklärte ihm, dass niemand davon wusste. Er sah mich mitleidig an und sagte, von ihm würde kein Mensch davon erfahren. Ich lächelte ihn dankbar an, doch mehr konnten wir nicht miteinander reden, denn in diesem Moment unterbrach uns Diego. Er war hin und weg.

„Violetta, du warst unglaublich! Du hast besser gesungen als je zuvor. Es war einfach genial! Ich gratuliere dir!" Während Diego mich mit Lob und Schmeicheleien überschüttete, wandte sich León ab und ging.

Beim Abendessen hatten wir Gäste. Jade war da, ihr Bruder Matías, Esmeralda und Papa. Jade fragte mich nach meiner Karriere aus, und Papa platzte vor Stolz. Ich erzählte ihnen von meinem Auftritt vor dem Direktor von Youmix, und Papa versicherte, es sei unglaublich gewesen. Ich wunderte mich, ihn darüber reden zu hören, als hätte er mich selbst gesehen, aber dann sagte er, Angie hätte ihm davon erzählt.

Am nächsten Tag überbrachte uns Pablo im Studio eine fantastische Neuigkeit: „Im Anschluss an Violettas gestrige Vorstellung hat man bei Youmix beschlossen, an einem öffentlichen Ort eine Open-Air-Show zu veranstalten – und wir werden alle dabei sein!" Alle klatschen in die Hände und jubelten. Francesca und Camila gratulierten mir. Wir waren wahnsinnig glücklich über die Neuigkeit, bis Ludmila zu mir kam. „Meinen Glückwunsch, Violetta! Du wirst wunderbar sein. Du bist die Beste!" Als sie mich umarmte, funkelten Francesca und Camila sie finster an.

Dann ging ich zu León. Ich wollte, dass wir uns aussprachen, aber er fiel mir ins Wort. „Du bist sauer auf mich, und ich auf dich. Das ist weder gut noch schlecht, es ist einfach so."

„Aber es muss doch nicht so sein!", beschwor ich ihn.

„Ich finde schon …" Mit diesen Worten drehte er sich um und ging.

Diego bemerkte, wie niedergeschlagen ich war, und schlug mir vor, spazieren zu gehen. Ich nahm sein Angebot an, und wir gingen zum Platz. Diego hatte seine Gitarre dabei, und wir sangen gemeinsam.

„Ich kann nicht glauben, dass du eine Zeit lang in Madrid gelebt hast. Wir hätten uns dort kennenlernen können."

„Das glaube ich nicht. Ich bin damals nicht häufig ausgegangen."

„Warum warst du eigentlich in Spanien?"

„Mein Papa hatte geschäftlich da zu tun. Und du? Du hast mir nie erzählt, was du da gemacht hast." Diego sah mich nachdenklich an. Ich hatte das Gefühl, ihm zu nahegetreten zu sein. „Habe ich etwas Falsches gefragt?"

„Mir ist gerade klar geworden, dass ich bei all den Dingen, die passiert sind, schon ganz vergessen hatte, weshalb ich eigentlich dort war", sagte er bewegt.

„Du machst aber ein Geheimnis daraus", erwiderte ich. „Willst du es wirklich wissen?", fragte er. Als ich nickte, bekannte er: „Ich habe meinen Vater gesucht." Ich war sprachlos.

„Ich habe ihn nie kennengelernt. Das bisschen, was ich weiß, hat mir meine Mutter erzählt: dass er Tänzer ist und die beiden sich bei einer Spanientournee kennengelernt und anschließend wieder getrennt haben. Und natürlich, dass er dort lebt." Ich war erschüttert. Unfassbar! Ich wusste nicht, wie ich ihm helfen konnte. „Ich habe keine Ahnung, warum ich dir das überhaupt erzähle", sagte er überrascht. „Weil ich dich gefragt habe."

„Ich habe noch nie mit irgendwem darüber gesprochen." Aufgewühlt schaute mir Diego tief in die Augen und kam näher. Ich wich aus. Verletzt nahm er seine Gitarre und ging. Ich wollte ihm nicht wehtun, aber ich wollte auch nicht, dass er sich falsche Hoffnungen machte. Und wenn ich nicht zurückgewichen wäre, hätte er mich sicher geküsst. Ich rief ihm nach, aber er ging unbeirrt weiter.

Als ich mich völlig zerknirscht auf den Rückweg zum Studio machte, stand er jedoch überraschend vor mir.

„Wie gut, dass du zurückgekommen bist. Ich will nicht, dass es dir schlecht geht. Aber …", versuchte ich meine Gefühle in Worte zu fassen.

„Ich weiß nicht, was los ist, Violetta." Er warf mir einen nachdenklichen Blick zu, der mir sehr unangenehm war. „Einerseits sieht es so aus, als stünden alle Ampeln auf Grün, und dann sind sie wieder alle auf Rot", sagte er vorwurfsvoll. „Liege ich so falsch? Sag was."

Schuldbewusst senkte ich den Blick. Ich hatte nicht vorgehabt, ihn zu verwirren.

„Ich weiß, dass ich dir versprochen habe, dich nicht unter Druck zu setzen, aber ich mache nur deshalb einen Schritt auf dich zu, weil ich spüre, dass du etwas für mich empfindest", sagte er. Ich schwieg, aber Diego ließ sich nicht beirren. „Ohne Druck, ohne Zeitlimit. Mit einer Hand auf dem Herzen. Sag mir die Wahrheit, Violetta. Habe ich bei dir eine Chance? Ja oder nein?"

Ich fühlte mich sehr unwohl und ließ mir mit der Antwort Zeit, da ich so aufrichtig wie möglich sein wollte. „Ich kann dir darauf jetzt keine Antwort geben."

„Du brauchst nur Ja oder Nein zu sagen."

„Du hast gesagt, du würdest mich nicht unter Druck setzen", rief ich.

„Entschuldige. Du sollst nichts überstürzen, aber ich will auch nicht die ganze Zeit leiden wie ein verliebter Trottel. Etwas geschieht mit mir, und ich weiß nicht, was ich damit anfangen soll. Sag mir wenigstens, dass die Signale, die ich wahrnehme, wirklich existieren."

Wir schauten uns in die Augen, dann fuhr er fort: „Wir sind uns näher als je zuvor. Nicht wahr?" Ich nickte schüchtern. Es stimmte. Ich fühlte mich ihm näher als früher.

„Und jetzt?", fragte er.

„Bei mir passiert gerade so viel … Mehr kannst du nicht von mir verlangen!", beschwor ich ihn. „Okay, du hast recht." Er nickte verständnisvoll. „Gehen wir zurück ins Studio?"

Wir wechselten einen innigen Blick und machten uns gemeinsam auf den Rückweg. Eine innere Stimme sagte mir, dass mehr zwischen uns war, als ich mir selbst eingestehen wollte.

Kapitel 8

Diego besaß die Gabe, mich zum Lachen zu bringen, und dafür war ich ihm dankbar. Die anderen stellten allmählich schon Mutmaßungen an, ob zwischen uns etwas lief, wenn sie uns zusammen sahen. Ludmila versuchte mich auszuhorchen. „Schätzchen, ich mag mir ja was einbilden, aber wir sind doch Freundinnen, mir kannst du alles erzählen!"

„Wir sind nicht zusammen", erwiderte ich.

„Oh, *sorry!* Ich dachte bloß, zwischen euch läuft was, denn wenn man euch zusammen sieht, knistert die Luft."

Ich machte ihr klar, dass sie mit ihrer Vermutung danebenlag, und ging zu meinen Freundinnen. Fran steckte mitten in den Vorbereitungen ihrer Geburtstagsparty, und Cami half ihr dabei.

„Ausgerechnet jetzt habe ich so viel um die Ohren. Ich kann dir nicht helfen", sagte ich traurig.

„Ich weiß, aber wir kommen gut klar. Die Musik fehlt noch, etwas zum Anziehen für mich, und dann müssen noch die restlichen Einladungen verteilt werden", berichtete Fran begeistert. „Dieser Geburtstag ist mir echt wichtig. Ich will ihn mit euch beiden feiern, mit allen meinen Freunden … Marco … sonst fehlt mir nichts mehr zum Glück!", erzählte sie freudestrahlend.

Cami und ich freuten uns sehr für Fran. Es ist ein tolles Gefühl, wenn die beste Freundin so glücklich ist!

Als Geburtstagsgeschenk wünschte sie sich von uns einen Song. Sie spielte die Melodie vor und gab uns Kopien mit dem Text, damit wir ihn auswendig lernen konnten. Wir versicherten ihr, dass sie auf uns zählen konnte, und fielen uns in die Arme.

Später begegnete mir León. Ich versuchte noch, ihm aus dem Weg zu gehen, aber es war zu spät. Jedes Mal, wenn wir uns sahen, waren wir total verkrampft. Und wenn er die Gelegenheit dazu hatte, behandelte er mich ziemlich mies. „Warum bist du so zu mir?", wollte ich wissen.

„Muss ich dir das wirklich erklären?"

„Ist es wegen Diego? Und wie soll ich dich behandeln? Immerhin bist du mit Lara zusammen. Seit wann eigentlich?"

„Wir sind nicht zusammen. Bring da nichts durcheinander. Zwischen Lara und mir läuft nichts. Beziehungsweise wenn … dann hat es angefangen, nachdem wir beide uns getrennt hatten."

„Wir haben doch gerade erst Schluss gemacht! Warum soll ich dir glauben? Warst du jedes Mal bei ihr, wenn du mir gesagt hast, du würdest trainieren oder ich würde dir fehlen?" Verletzt unterdrückte ich die Tränen.

León stritt alles ab. Für ihn war es sinnlos weiterzureden. Dass ich an allem schuld war, stand für ihn felsenfest.

„Warum tust du das, León? Erklär mir das. Warum?"

„Weil mir einfach alles zeigt, dass ich mich in dir getäuscht habe!"

Er ließ mich stehen. Vor Wut und Traurigkeit fing ich an zu zittern. Es war so ungerecht! Ich war blind vor Zorn, als ich die Treppe hinaufstieg. Da stolperte ich auf einmal und knickte mit dem Knöchel um.

Diego war ganz in der Nähe und kam mir rasch zu Hilfe. Ich verzog das Gesicht vor Schmerz, dabei tat mir der Knöchel lange nicht so weh wie mein Herz! „Es ist nichts", erklärte ich, während ich mich aufrappeln wollte.

„Was heißt nichts? Du hast dir den Knöchel verletzt. Komm, ich helf dir …"

Ich versuchte, ohne Hilfe zu gehen, aber ich konnte nicht auftreten. Es tat unheimlich weh. Aus lauter Sorge wollte Diego mich tragen.

„Diego! Lass mich runter!" Es war mir sehr unangenehm.

„Denk nicht mal dran."

Er wollte mich zum Arzt tragen, aber ich überzeugte ihn davon, ihn von zu Hause aus anzurufen.

Nachdem ich erfahren hatte, dass mein Fuß nicht schlimm verletzt war, rief ich Papa an und erzählte ihm, was geschehen war. Er ließ mich nicht mal ausreden! Sobald ich erwähnte, ich sei zu Hause, rief er: „Ich komme!", und legte auf. Diego war sehr lieb zu mir. Er ließ mich nicht einen Augenblick allein und massierte mir sogar den Knöchel. Danach bat ich ihn zu gehen. Mein Vater war unterwegs, und ich wollte Problemen aus dem Weg gehen.

„Schon gut, ich gehe. Aber vorher will ich wissen, was heute los war. Warum bist du auf der Treppe gestürzt?" Er schaute mich an und fuhr fort: „Ich habe dich mit León reden sehen."

„Und warum fragst du dann?"

„Um zu sehen, ob du mich anlügst."

„Ich habe dich nicht angelogen", sagte ich bestimmt. „Lass nicht zu, dass er dir noch länger wehtut, Violetta. Du darfst ihm das nicht durchgehen lassen."

Diegos Worte verletzten mich, aber ich hatte ihnen nichts entgegenzuhalten. Als er ging, war meine Laune noch miserabler als vorher.

Papa war zutiefst beunruhigt, als er heimkam. Er begegnete Diego doch noch, der ihm schilderte, was geschehen war. Er drückte mich fest an sich und war übertrieben besorgt. Ich bat ihn, sich zu beruhigen.

„Ich kann nicht ruhig sein, wenn du so traurig bist. Willst du mir nicht erzählen, was passiert ist?"

„Nimm es nicht persönlich, aber es ist nicht leicht, mit dir darüber zu sprechen."

„Über León? Habt ihr euch gestritten?"

Es bereitete mir Unbehagen, mit Papa über solche Themen zu reden, aber ich musste meinem Herzen einfach Luft machen.

„Wir sind zusammen gewesen, er und ich. Ich weiß nicht, wie ich es dir erklären soll, aber ich hatte das Gefühl, es war etwas ganz Besonderes, etwas Einzigartiges. Aber dann haben wir zu streiten angefangen. Wir konnten nicht zusammenbleiben …"

Papa lächelte mich mitfühlend an, sagte aber keinen Ton. Ich schaute ihn mit Tränen in den Augen an und fuhr fort: „Als Schluss war, konnte ich mir ja denken, dass León früher oder später etwas mit einer anderen anfängt. Aber ich wusste nicht … dass es mich so verletzen würde. Es tut so weh, Papa!"

„Verstehe …", sagte er teilnahmsvoll. „Ich würde alles dafür tun, um dir diesen Schmerz zu ersparen, aber das steht nicht in meiner Macht. Ich liebe dich sehr, mein Schatz."

„Ich dich auch", erwiderte ich, und wir umarmten uns, so fest wir konnten.

Am nächsten Tag fühlte ich mich besser, und ich ging wieder ins Studio. Diego freute sich, als er mich sah, und ich bedankte mich für das, was er getan hatte.

„Ich werde immer da sein, wenn du mich brauchst. Hast du das immer noch nicht begriffen?", flirtete er wieder einmal und küsste mir die Hand.

Als Francesca und Camila das sahen, kamen sie erschrocken zu mir. Rasch erklärte ich ihnen, was passiert war – mein Sturz, Diegos Hilfe, einfach alles. Sie steckten noch immer mitten in den Vorbereitungen für die Party und hatten die ganze Nacht lang Cupcakes dekoriert. Ich fühlte mich mies, weil ich nicht mithelfen konnte. Ich war überhaupt nicht mehr mit ihnen zusammen …

Pablo teilte uns das Motto der neuen Show mit. Meine Aufgabe bestand darin, einen neuen Song zu komponieren und mit Camila und Francesca ein Trio zu bilden. Das war mal eine erfreuliche Nachricht! Endlich würden wir drei zusammen singen!

Der Tag war sehr produktiv. Ich konnte an meinem Solo-Song arbeiten und mit meinen Freundinnen proben!

Als ich allein im Musikraum saß und mich auf meine Komposition konzentrierte, platzte León lauthals schimpfend herein. Er machte ein todernstes Gesicht.

„Ich verstehe ja, dass dich alles, was zwischen uns steht, verletzt, aber du bist nicht die Einzige, die leidet", fauchte er wütend.

„Ich verstehe kein Wort!"

„Wenn ich eins nicht von dir erwartet hätte, dann dass du herumläufst und schlecht über mich redest!"

„Was soll das? Warum sagst du das?", fragte ich verwirrt.

„Jeremías ist zu mir gekommen –"

„Jeremías? Und was wollte er?"

„Hör auf, die Unschuldige zu spielen. Ich weiß nicht, was du ihm erzählt hast, aber er hat mir gesagt, dass ich dich in Ruhe lassen soll!"

Ich war sprachlos. Jeremías gegenüber hatte ich León mit keinem Wort erwähnt. Ich hatte keine Ahnung, was los war. „Ich habe nicht mit ihm über dich gesprochen!"

„Das glaube ich dir nicht. Ich weiß nicht, warum, aber mit jeder Sekunde, die vergeht, glaube ich dir weniger. Oder ich lerne dich von einer ganz neuen Seite kennen", beschimpfte er mich.

Hinter ihm tauchte Diego auf. Er wollte mich in Schutz nehmen, aber das machte alles nur noch schlimmer. Ich versuchte zu verhindern, dass die beiden sich an die Gurgel gingen, was León so auffasste, als würde ich mich auf Diegos Seite schlagen, und für Diego so aussah, als verteidigte ich León. Eine totale Katastrophe!

León sagte, es hätte keinen Sinn, sich mit uns beiden Probleme einzuhandeln. Im Hinausgehen bat er mich, mit niemandem mehr über ihn zu reden.

Fassungslos nahm ich mir vor herauszufinden, was es mit dieser Geschichte auf sich hatte. Ich ging Jeremías suchen, konnte ihn aber nicht finden. Auf dem Klavier sah ich sein Handy liegen. Und bemerkte, dass es das Handy meines Vaters war! Es klingelte. Als ich dranging, war am anderen Ende der Leitung Ramallo.

„Hallo? Germán?"

Mich hätte beinahe der Schlag getroffen, ich sagte nichts. Genau in diesem Moment kam Jeremías zurück.

„Was machst du mit dem Handy meines Vaters?", fuhr ich ihn an.

Jeremías begann nervös zu stottern. Er verheimlichte mir etwas.

„Antworte mir!"

„Er hat es vergessen, als er hier war."

„Und wieso war er hier?"

Jeremías schaute mich an, und auf einmal war mir alles klar. Jeremías war Papas Spion! Wütend verließ ich das Studio. Ich musste die Sache dringend klarstellen.

Angie begleitete mich heim. Sie versuchte vergeblich, mich zu beruhigen, als ich wie angestochen ins Haus fegte. Olga kam aus der Küche, und ich erzählte ihr, dass Papa einen

Spion angeheuert hatte, um mich im Studio zu überwachen!

Als Papa nach Hause kam, versetzte ihn der Aufruhr, den wir veranstalteten, gleich in Alarmstimmung. „Könnt ihr mir mal erklären, weshalb ihr so einen Krach schlagt?"

„Deshalb!", erwiderte ich und hielt ihm das Corpus Delicti unter die Nase. Sein Handy.

„Wegen meinem Handy?", fragte er arglos.

„Kannst du mir erklären, warum Jeremías es hatte?"

„Wer?"

„Der Pianist aus dem Studio!", erklärte Angie.

Papa versuchte, sich herauszureden, und Angie bemühte sich, die Sache herunterzuspielen, aber ich war auf hundertachtzig.

„Du hast dich mit ihm getroffen, damit er

mich ausspioniert. Stimmt das etwa nicht? Du hast dein Handy da liegen lassen."

Papa wurde ernst und bat die anderen, uns allein zu lassen.

„Das kannst du doch nicht machen, Papa! Warum?" Ich war tief verletzt.

„Ich mache mir Sorgen um dich, darum."

„Es reicht, Papa! Du machst mir Angst. Es fehlt nur noch, dass du dir im Studio einen Job besorgst, um mich besser kontrollieren zu können."

„Schon gut, schon gut ... Vielleicht bin ich wirklich ein bisschen zu weit gegangen, aber –"

„Ein bisschen? Du musst damit aufhören, Papa! Es tut weh, dass du mir nicht vertraust." Ich hatte Tränen in den Augen. „Sag Jeremías, dass er aufhören soll, hinter mir herzuschnüffeln."

„Das ist nicht nötig. Jeremías hat ohnehin abgelehnt, du kannst also ganz beruhigt sein."

Wir schlossen Frieden, aber ich versuchte ihm begreiflich zu machen, dass das, was er tat, nicht in Ordnung war. Er erklärte mir, dass er schließlich mein Vater war, der sich Sorgen machte. „Ich habe dich lieb, mein Schatz … sehr sogar."

„Ja, das weiß ich. Aber manchmal ist deine Art, mich gern zu haben, sehr verletzend!"

Ich ging in mein Zimmer, aber León raubte mir einmal mehr den Schlaf. Ich las noch einmal alles, was ich seit dem Tag, an dem wir uns kennengelernt hatten, in mein Tagebuch geschrieben hatte. Jede einzelne Seite. Ich erinnerte mich an jeden einzelnen Moment.

„Wie konnte ich mich nur so irren?", dachte ich. Aber darauf konnte mir niemand eine Antwort geben. Ich löschte das Licht und schlief ein.

Kapitel 9

Wir probten Francescas Song, und es klappte super. Francesca war glücklich und fieberte dem Moment entgegen, wenn wir das Lied bei ihrer Geburtstagsfeier singen würden.

Als wir gehen wollten, um uns umzuziehen, erschien Marotti. Ich sollte für die Radiosender eine andere Version von „En mi mundo" aufnehmen. Ich versuchte, ihm klarzumachen, dass ich nicht bleiben konnte. Immerhin hatte Fran Geburtstag! „Es tut mir leid. Dafür ist keine Zeit, morgen muss der Song im Radio zu hören sein." Zum Glück verstanden meine Freundinnen, dass ich bleiben musste.

Während Marotti alles für die Aufnahme in die Wege leitete, nutzte ich die Gelegenheit, um mit Jeremías zu sprechen. Ich bedankte mich, dass er sich nicht als Spion meines Vaters hatte anheuern lassen, und fragte ihn nach seinem Gespräch mit León. „Ich habe gesehen, dass es dir sehr schlecht geht. Und da dein Vater kurz vorher bei mir war, habe ich mir Sorgen gemacht. Bitte entschuldige, es wird nicht wieder vorkommen", sagte er höflich. „Es ist mir unglaublich peinlich, dass mein Vater so etwas tut …"

„Na ja, er übertreibt ein bisschen, aber er will dich nur schützen."

Um den Song bei Marotti aufnehmen zu können, musste ich mir eine Gitarre aus dem Musikraum holen, in dem León gerade probte. Als ich ihn sah, blieb ich erst wie angewurzelt stehen und versuchte dann, schnell wieder zu entkommen, aber er rief nach mir.

„Du brauchst mir nicht aus dem Weg zu gehen."

„Ach, dann bin ich also nicht die schlimmste Person im ganzen Studio?", fragte ich scharf. „Wie konnte ich mich nur so in dir täuschen?"

León starrte mich an und legte seine Gitarre zur Seite. „Du hast dich in mir getäuscht?"

In diesem Moment unterbrach uns Marotti. Ich schnappte mir die Gitarre und ging mit ihm. Die Aufnahme war anstrengend, und ich wurde allmählich müde. Beim Blick auf die Uhr stellte ich nervös fest, wie die Zeit verstrich und Frans Party immer näher rückte.

Da schaute Diego herein und bot mir lächelnd an, auf mich zu warten, um mit mir gemeinsam zur Party zu gehen.

Aber ich hatte eine bessere Idee! Ich bat ihn, zu Francesca zu gehen und ihr zu erklären, was los war. „Sag ihr, dass ich sie lieb habe!"

„Schon geschehen!", erwiderte er und verschwand.

Ich machte mich erneut an die Aufnahme. Ich war müde und nervös und fühlte mich gehetzt. Eine denkbar schlechte Kombination, wenn etwas gut werden soll! Angie und der Tontechniker bemühten sich, Geduld mit mir zu haben. Wir wiederholten die Takes ein ums andere Mal. Je mehr Zeit verstrich, desto angespannter wurde Marotti. Und ich konnte nicht mehr!

Marotti und Angie hörten sich die Aufnahme an.

„War es okay? Kann ich gehen?", fragte ich mit meiner Tasche in der Hand.

„Nein! Manche Sachen gefallen uns gut, aber es fehlt noch etwas", sagte Marotti.

Da platzte mir der Kragen. „Ich werde erwartet. Es tut mir leid, aber ich werde meine beste Freundin nicht enttäuschen!", sagte ich und ging zur Tür.

„Wenn du jetzt durch diese Tür gehst, kannst du deine Karriere und dein Honorar vergessen, Violetta", brauste Marotti auf.

Ich erstarrte. Angie bemerkte, welche Wirkung Marottis Worte auf mich hatten, und versuchte zu vermitteln.

„Wie können Sie so mit ihr reden? Was soll das? Sie ist noch jung und arbeitet schon seit Stunden an dieser Aufnahme!"

„Violetta ist vertragliche Verpflichtungen eingegangen. Ich verlange ja nichts Außergewöhnliches. Es ist noch früh, und sie muss einen Song für die Promotion aufnehmen."

„Aber meine beste Freundin hat heute Geburtstag!", rief ich bittend.

„Für diesen Job muss man nun einmal Opfer bringen. Du stehst gerade erst am Anfang deiner Karriere und kommst schon mit Ausflüchten. Ich sage ja nicht, dass der Geburtstag deiner Freundin nicht wichtig wäre – aber die Aufnahme muss heute gemacht werden", erwiderte er streng. Er ließ mir keine Wahl.

Also machte ich mich wieder, so gut ich konnte, an die Arbeit. Es stimmte ja, dass er mich noch nicht gehen lassen konnte. Als der Job endlich erledigt war, eilte ich zu Francesca.

Der Saal, in dem die Party stattfand, lag inmitten von Grünanlagen. Es war einfach wunderschön. Aber ich kam zu spät! Der Raum war leer. Die Party war aus, und ich hatte meine Freundin hängen lassen. In einer Vitrine hing ein Foto von Francesca, Camila und mir.

Wie aus dem Nichts stand auf einmal Diego vor mir. „Ich wusste, du würdest kommen! Du würdest nie eine Freundin versetzen!", sagte er.

„Das war die Violetta von früher. Du siehst, die Violetta von heute hat sie hängen lassen."

Ich konnte nicht fassen, dass ich zu spät zu Francescas Traumparty gekommen war. Nicht mal bei den Vorbereitungen hatte ich ihr helfen können.

Diego wollte mich trösten. „Du hattest immerhin etwas Wichtiges zu tun!"

„Aber mir ist Francesca wichtiger als Youmix."

„Dann verlass Youmix und geh deinen eigenen Weg."

Diego mochte recht haben, aber für mich war das nicht so einfach. Papa brauchte meine Unterstützung. Diego schlug vor, mich nach Hause zu begleiten, und ich nahm sein Angebot an. Unterwegs versuchte ich, Francesca anzurufen, doch sie ging nicht ans Telefon. Bestimmt war sie stinksauer, und zwar zu recht! Ich hatte ihre Party ruiniert.

„Ich war auf der Party, und ich hatte nicht den Eindruck, als hättest du irgendwas ruiniert", widersprach Diego. „Am besten schläfst du erst mal und sprichst morgen mit ihr."

Ich nahm mir vor, auf ihn zu hören. Es war zu spät, um die Sache mit der Party wieder hinzubiegen, und ich musste mich dringend ausruhen.

„Danke. Dafür, dass du mich begleitet und mir zugehört hast", sagte ich aus tiefstem Herzen.

„Gern geschehen. Du kannst immer auf mich zählen, wenn du jemanden zum Reden brauchst." Er wollte mich umarmen, aber ich wich zurück.

„Violetta, ich weiß, es ist nicht der richtige Moment, aber ich muss dich das fragen. Lässt du mich auflaufen, weil du nichts für mich empfindest – oder weil du immer noch an León denkst?"

„Ich weiß es nicht. Aber was macht das schon? Wie du gesagt hast, es ist nicht der richtige Moment, um das zu besprechen." Diego verstand. Er wandte sich um und ging.

In dieser Nacht träumte ich wieder von León. Ich träumte, er würde meine Hand nehmen. Ich bat ihn, mir nicht wehzutun und mir keine Hoffnungen zu machen.

„Du weißt, dass ich mit dir zusammen ein anderer Mensch bin … Ich weiß nicht, wie ich es sagen soll. Ich fühle mich dann anders, weil du mich glücklich machst", sagte ich im Traum zu ihm.

„So einfach ist das nicht, ich weiß nicht, ob du mich liebst oder …", erwiderte er verbittert.

„Wie soll ich dich lieben, wenn du nicht willst, dass ich dich so liebe, wie ich dich lieben will." León schaute mich an, und ich spürte, dass er noch immer in mich verliebt war.

Als ich aufwachte, hatte ich das Gefühl, dass dieser Traum mir die Augen geöffnet hatte.

„Meine Beziehung mit León ist noch nicht vorbei – noch nicht!", sagte ich zu mir selbst.

Und ich schrieb schnell den Satz auf, den ich im Traum gesagt hatte: „Wie soll ich dich lieben, wenn du nicht willst, dass ich dich so liebe, wie ich dich lieben will?"

Im Studio nahm ich diesen Satz als Ausgangspunkt für meinen neuen Song. Ich kam gut voran. Hoch konzentriert arbeitete ich an meiner Komposition, als Francesca in der Tür auftauchte. Ich schaute sie schuldbewusst an. Mir fehlten die Worte, um ihr zu sagen, wie sehr es mir leidtat.

„Fran … Ich weiß, dass du böse auf mich bist und denkst, dass ich die allermieseste Freundin der Welt bin. Dass mir nichts und niemand wichtig ist außer mir selbst. Dass ich eine Egoistin bin und mir der Job bei Youmix zu Kopf gestiegen ist … aber ich versichere dir, dass …"

Fran ließ mich nicht ausreden.

„Ich werde jetzt bestimmt nicht sagen, dass ich froh war, als du nicht zu meiner Party gekommen bist, aber ich kenne dich und weiß, dass du alles Menschenmögliche getan hast. Und ich habe gehört, was du mir auf die Mailbox gesprochen hast."

„Und warum bist du nicht selbst drangegangen?", fragte ich niedergeschlagen.

„Ich hatte mein Handy im Saal vergessen und habe es gerade eben erst abgeholt."

„Und?", fragte ich schüchtern.

„Na, Freundinnen, wie immer!", rief sie und breitete die Arme aus.

Wir umarmten uns inniger denn je. Fran sagte, ich bräuchte sie nicht um Verzeihung zu bitten, und gratulierte mir zu dem Song, den ich gerade gespielt hatte. „Er ist neu. Ich komponiere ihn für die Show. Heute Nacht habe ich den Text geträumt, so unglaublich sich das anhören mag."

Fran fand den Song toll, und ich gab immer sehr viel auf ihre Meinung.

Auch Diego wollte wissen, wie ich mich fühlte. Ich dankte ihm noch einmal, dass er mich nach Hause gebracht hatte, und er nutzte die

Gelegenheit, um Klartext zu reden und mir zu versichern, dass er vierundzwanzig Stunden am Tag an mich dachte.

„Es tut mir leid. Ehrlich, ich fühle mich wie der letzte Trottel, wenn ich so etwas zu dir sage, aber so habe ich noch nie für jemanden empfunden", sagte er ernsthaft.

Schuldbewusst blickte ich ihn an. Es war mir unangenehm, dass es ihm nicht gut ging.

„Du hast mich gestern gefragt, ob die Sache zwischen León und mir für mich aus und vorbei ist ...", fing ich an.

„Du brauchst nicht weiterzusprechen. Ich kenne die Antwort schon. Sie heißt Nein, oder?"

Ich nickte. „Verzeih mir."

„Dann verstehst du mich, denn es geht dir genauso wie mir. Es gibt Dinge, die kann man nicht ändern. Das zwischen dir und mir ist für mich Himmel und Hölle in einem." Er lächelte mich traurig an und ging fort. Ich konnte nichts tun. Mein Herz gehörte noch immer León.

Camila fiel auf, wie ich León ansah, daher erzählte ich ihr, was ich fühlte. Ich war mir sicher, dass noch nicht alles aus war. Cami riet mir, offen mit León zu reden. Also nahm ich meinen Mut zusammen, doch als ich gerade mit ihm sprechen wollte, tauchte Diego auf, nahm mich bei der Hand und zog mich weg!

Er hielt mir die Augen zu und brachte mich zu einer „Überraschung". Ich hatte keine Ahnung, was das Ganze sollte, bis er plötzlich die Hände wegzog. Sämtliche Jungs und Mädchen standen vor mir! Und in diesem Augenblick kam Marco mit Francesca an, der er ebenfalls die Augen zuhielt. Alle begannen zu applaudieren, nur wir zwei verstanden nicht, was das sollte.

„Diego hat mir erzählt, dass du gestern nicht zu Francescas Geburtstag kommen konntest und dass ihr deshalb nicht zusammen den Song singen konntet, an dem ihr sehr viel liegt", erklärte Pablo.

„Deshalb haben wir alles vorbereitet, damit wir ihn jetzt singen können", ergänzte Camila von der Bühne aus.

Diego und Marco hatten sich die Sache gemeinsam ausgeheckt. Überglücklich kletterte ich mit Fran auf die Bühne, um den Song zu singen. Doch mitten im Lied verließ mich meine Stimme wieder. Zum Glück reagierte Francesca blitzschnell. Sie zog ein Kabel heraus und täuschte ein technisches Problem vor. Wir beendeten den Song, und alle klatschten begeistert Beifall. Niemand achtete auf meine Stimme. Oder, besser gesagt, fast niemand, denn Ludmila hatte es bemerkt.

„Geht es dir gut, Vilu? Ich hatte den Eindruck, als hätte kurz deine Stimme versagt. Nicht wahr? Genau in dem Moment, als das Mikrofon ausgefallen ist. Kann das sein?", fragte sie mich boshaft. Francesca rettete mir noch einmal den Hals, indem sie Ludmilas Kommentar abtat. Bevor mich noch jemand zur Rede stellen konnte, machten wir uns rasch auf den Weg.

Meine Freundin war besorgt um meine Stimme. Ich hatte mich vermutlich bei der Aufnahme überanstrengt. Mein Hauptproblem war allerdings immer noch León.

Francesca wollte mir gerade etwas erzählen, als Ludmila hereinplatzte und mich aus dem Raum zog. Ich müsse mir dringend etwas ansehen, sagte sie und zerrte mich über den Flur. Diesmal wartete jedoch eine böse Überraschung auf mich: Lara und León küssten sich!

„Ich weiß, dass es wehtut, Vilu. Aber ich bin deine Freundin. Ich kann nicht die ganze Zeit mit ansehen, wie du wegen León leidest, und er tut so, als ob nichts wäre. Und dann bringt er auch noch Lara her und schmust hier vor aller Augen mit ihr rum! Das geht gar nicht!"

Es zerriss mich innerlich, als ich die beiden sah. Am liebsten wäre ich gleich nach Hause gerannt.

Diego lief mir über den Weg und bot sich an, mich zu begleiten. Als wir bei mir ankamen, wollte er mich so traurig, wie ich war, nicht allein lassen und machte mir einen Vorschlag. „Lass uns zusammen Pizza machen!"

Ich nahm sein Angebot an. Wir veranstalteten in der Küche eine Riesensauerei, aber er erreichte sein Ziel. Er brachte mich zum Lachen, während er mir beibrachte, wie man Pizzateig knetet.

Als wir gerade mit dem Pizzabacken fertig waren, klingelte es an der Haustür. Olga öffnete, und wer stand vor der Tür? León!

„Was machst du denn hier?", fragte ich überrascht. „Es war offensichtlich ein Fehler herzukommen", sagte er mit einem Blick auf Diego.

Er wandte sich zum Gehen, doch ich hielt ihn zurück. „Warte! Rede mit mir. Weshalb bist du hier?", fragte ich, während er Diego nicht aus den Augen ließ. „Schau nicht ihn an, sondern mich!" Diego wurde die Situation unangenehm. Er zog es vor, uns allein zu lassen.

„Es tut mir leid, dass du mich mit Lara gesehen hast … deshalb", sagte León.

„Dann hättest du sie ja wohl nicht ins Studio mitbringen müssen, oder?"

„Jemand hat sie dorthin bestellt. Ich wollte nicht, dass sie kommt."

„Jemand?"

„Ja. Irgendwer hat ihr von meinem Handy eine SMS geschickt. Das ist die Wahrheit." Er schaute mich an. „Geht es dir gut?"

„Ehrlich gesagt, nein. Mir wäre es zwar lieber, das Ganze wäre mir egal, aber das ist es nicht", antwortete ich aufrichtig. „Ich bin nicht wie du, León. Ich habe dich noch nicht vergessen."

„Komisch, dass du das sagst, während Diego hier bei dir ist."

„Diego ist ein Freund."

León glaubte nicht daran, dass Diego und ich Freunde waren. Er fand es seltsam, dass ich mich innerhalb weniger Wochen mit ihm angefreundet hatte und ihn sogar zu mir nach Hause zum Kochen einlud. León war wütend und eifersüchtig – und ich einfach nur unsagbar traurig.

„Warum muss alles nur so kompliziert sein?", fragte ich.

„Ich nehme an, wenn eine Beziehung wie unsere auseinandergeht, ist es schwierig", erwiderte er.

„Vielleicht, weil man nicht davon ausgeht, dass es auseinandergeht. Weil eine Liebe, die so stark ist, allem standhalten müsste."

„Anscheinend war sie ja doch nicht so stark, denn es ist aus. Und das musst du ein für alle Mal akzeptieren." Leóns Tonfall war schneidend. „Ich gehe jetzt. Es ist spät. Wir sehen uns im Studio."

Als er fort war, ging es mir schlechter als vorher. Nicht einmal Diegos köstliche Pizzas konnten mich trösten.

Wir aßen zusammen mit Papa, aber ich konnte einfach nicht mehr. Ich stand auf und entschuldigte mich.

„Es tut mir leid, Diego. Aber … Ich weiß, du verstehst mich."

Dann rannte ich in mein Zimmer und weinte. Ich weinte und weinte und dachte nur an León. Mehr nicht.

Kapitel 10

Angie war bei mir, als etwas sehr Seltsames passierte: Ich sah zum ersten Mal, wie Papa und Esmeralda sich küssten.

„Anscheinend muss ich euch gratulieren", rief ich.

„Esmeralda und ich stehen noch ganz am Anfang, aber ich hoffe, dass mehr daraus wird."

Ich sah, wie die beiden lächelten, aber ich sah auch, was Angie für ein Gesicht machte, die stocksteif und regungslos dastand. Ach, ich wusste genau, wie sie sich fühlte! Ich habe nie so richtig verstanden, was zwischen ihnen war, aber ich hätte mich gefreut, wenn Angie ebenso glücklich gewesen wäre wie Papa.

Ich kam mit dem festen Vorsatz ins Studio, nicht mit León zu sprechen und mich bei Diego dafür zu entschuldigen, dass ich ihn mit meinem Vater und den Pizzas allein gelassen hatte.

„Du hast dir so viel Mühe gegeben, und ich habe dir das Abendessen ruiniert."

„Du hast mir gar nichts ruiniert. Darf ich dir etwas sagen? Du solltest León ignorieren. Ich glaube, es wäre das Beste für dich, wenn du nicht mehr wegen jemandem leidest, der es offensichtlich nicht verdient", riet mir Diego. Wenn ich ehrlich sein sollte, wusste ich selbst allerdings nicht, was das Beste war. So hatte ich mich noch nie gefühlt. Ich beschloss, mich auf die Arbeit zu konzentrieren. Erst probte ich die Choreografie mit Libbi, meiner neuen Tanzlehrerin. Dann ging ich zu Francesca, aber da geschah das Allerschlimmste, was mir passieren konnte: Meine Stimme versagte erneut!

„Ich kann nicht singen, Fran … Es geht nicht. Meine Stimme ist weg!", flüsterte ich verzweifelt.

„Okay, das war's! Du musst mit Angie und Pablo reden und dich von einem Spezialisten untersuchen lassen", erklärte Francesca.

„Ich brauche keinen Spezialisten! Ich bin doch nicht stumm!"

„Aber du kannst nicht singen, obwohl du dich ausgeruht hast. Wenn du nicht mit Angie redest, dann tue ich es."

Der Gedanke daran, dass Youmix mir kündigen könnte, brachte mich zur Verzweiflung. Diese Chance durfte ich mir einfach nicht entgehen lassen. Francesca ließ nicht locker, doch in diesem Moment fegte Marotti zur Tür herein und unterbrach uns. Er packte mich am Arm und nahm mich mit. In der Aula schickte er mich mit den Worten auf die Bühne, es habe ein Problem mit meiner Aufnahme gegeben und sie bräuchten meinen Song.

„Muss ich ihn noch mal aufnehmen?"

„Das sehen wir später. Das Problem ist, dass jetzt jeden Moment ein paar Journalisten hier sein werden, um deinen Song zu hören."

„Und jetzt?", fragte ich nervös.

„Da es kein Audiomaterial gibt, haben wir überlegt, dass du ihn ebenso gut live performen kannst. Das klingt ohnehin viel besser."

Ich war am Ende. Ich hatte keine Stimme und wusste nicht, wie ich mich aus der Affäre ziehen konnte. Ich versuchte noch, mich zu weigern, aber da tauchte schon Pablo mit ein paar Presseleuten im Schlepptau auf.

„Herein, herein! Nehmen Sie Platz, wo es Ihnen beliebt, und machen Sie sich bereit, eine der besten Stimmen des Landes zu hören!", verkündete Marotti euphorisch. „Ich freue mich, sie Ihnen nun vorstellen zu dürfen … Violetta Castillo!" Verunsichert blickte ich mich um und sah zum Glück, wie Camila und Francesca im Gang auftauchten. Ich schaute sie hilfesuchend an.

„Bitte, Violetta, die Bühne gehört dir! Verzaubere dein Publikum!", rief Marotti und gab im gleichen Moment ein Zeichen, dass die Musik starten sollte.

Die Tonspur von „En mi mundo" erklang. Ich schaute in die erwartungsvollen Mienen der Journalisten, sah die vor Stolz glänzenden Augen von Pablo und Marotti und die verschwörerischen Blicke meiner Freundinnen. Ich war in die Enge getrieben, wohl oder übel musste ich nun den peinlichsten Moment meiner Karriere hinter mich bringen, als plötzlich … der Feueralarm losging!

Alle Anwesenden mussten die Aula verlassen, und ich kam gerade noch einmal ums Singen herum. Aber Beto fand heraus, dass Francesca und Camila dahintersteckten.

„Was treibt ihr nur für einen Unsinn! Einfach den Feueralarm auszulösen. Ihr könntet aus dem Studio geworfen werden, und zwar zu Recht!", schimpfte er.

„Es stimmt … Hätte ich doch nur eine andere Idee gehabt!", sagte Francesca schuldbewusst.

Die beiden hatten eine Menge riskiert, um mich zu decken. Genau deshalb hatte ich sie ja so gern. Sie waren immer da und hielten mir den

Rücken frei. Sie redeten mit Beto, und irgendwie konnten sie ihn davon überzeugen, dass sie es nicht mit Absicht getan hatten. Aber ich durfte so nicht weitermachen, ich musste tatsächlich dringend einen Fachmann aufsuchen und meine Stimmprobleme in den Griff bekommen.

Also gingen wir nach Hause und durchforsteten das Ärzteverzeichnis. Es war uns wichtig, einen Termin zu bekommen, ohne dass ein Erwachsener dabei sein musste. Wenn Papa erfuhr, was los war, würde er ein Riesentheater machen. Wir bekamen einen Termin für den nächsten Tag. Alles würde gut werden.

Im Studio schaffte ich es bis dahin, nicht singen zu müssen. Pablo merkte nichts, aber Ludmila kam nach der Stunde zu mir und fragte neugierig: „Ist etwas mit dir, weswegen du nicht singen wolltest? Ich weiß, es klingt verrückt, aber wir sind ja Freundinnen und können offen reden.

Erst hat dich der Feueralarm wie durch ein Wunder davor bewahrt, den Song vor der Presse singen zu müssen. Und heute hast du dich eindeutig davor gedrückt, für Pablo zu singen. Hast du noch immer keine Stimme? Ist es das?"

„Mit mir ist alles okay, Ludmila. Danke der Nachfrage", ließ ich sie auflaufen.

Doch Ludmila gab sich mit meiner Antwort nicht zufrieden und bohrte weiter. Sie wusste alles! In diesem Moment kam Diego dazu.

„Hey! Warum redest du so mit Violetta?"

Da bat Ludmila ihn, sich nicht einzumischen. Diego putzte sie ziemlich herunter und eiste mich los. Ludmila war stinksauer, und ich machte mir große Sorgen.

Dann war es an der Zeit für den Termin beim Arzt. Francesca holte mich im Musikraum ab, doch als wir gerade gehen wollten, tauchte Pablo auf. Manchmal kam mir mein Leben vor, als raste ich ohne Bremse über eine Achterbahn. Bei dem ständigen Auf und Ab konnte einem ganz schön schwindlig werden.

„Ah, da ist Violetta ja! Baut alles auf", sagte er zu ein paar Technikern, die Geräte herbeischleppten.

„Was macht ihr da, Pablo?", fragte ich verwundert. „Marotti hat mich gebeten, dich der Jugend vorzustellen. Du erinnerst dich, dass du auf dem Portal eine Live-Webcam hast?"

Entsetzt schaute ich Francesca an, und wir suchten beide fieberhaft nach einem Vorwand, um aus der Sache herauszukommen.

„Ja, das habe ich nicht vergessen. Ich muss bloß für ein paar Stunden weg", sagte ich zu Pablo, doch der meinte, das sei unmöglich, ich hätte immer noch Unterricht und außerdem eine Verpflichtung dem Publikum gegenüber. Um mich zu retten, sagte Francesca, ich müsste sie zum Arzt begleiten. Aber es war vergeblich! Pablo gab nicht nach. Ich musste bleiben.

Wir machten die Session mit der Webcam. Ich war liebenswürdig und freundlich und erzählte wie ein Wasserfall … Alles, nur nicht singen! Als mir am Ende alle gratulierten, atmete ich erleichtert auf. Diego beglückwünschte mich freudestrahlend. „Gratuliere! Du warst genial!"

„Da bin ich mir nicht so sicher", widersprach ich.

„Aber ja! Alle sind von dir hingerissen. Du bist vor der Kamera ein Naturtalent, und deine Fans lieben dich."

Diego merkte, dass ich traurig war, aber ich zögerte, ihm mein Herz auszuschütten.

„Was hast du nur? Heute wolltest du bei der Probe nicht singen. Ist es das? Hast du irgendein Problem mit der Stimme?" Ich sagte ihm die Wahrheit, und er versprach, dass mein Geheimnis bei ihm sicher wäre.

Francesca und Camila bearbeiteten mich, einen neuen Arzttermin zu vereinbaren, wir durften nicht länger warten. Der Gedanke, jemand könnte davon erfahren, versetzte mich in Panik. Aber natürlich hatte ich meine Rechnung ohne Ludmila und ihre miesen Spielchen gemacht: Mitten in der Probe forderte sie mich heraus: „Violetta, warum singst du nicht? Los, komm rauf und sing deinen Song. Zeig uns, wie es geht, von uns hier kann dir doch keiner das Wasser reichen!"

Francesca und Diego versuchten sie aufzuhalten. Ich war wie vom Donner gerührt und brachte kein Wort heraus. Doch sie hörte nicht auf. „Was ist, Violetta? Macht dir deine Stimme Probleme?"

„Warum sagst du das?", fragte ich beunruhigt.

„Weil ich mir sicher bin, dass du vor ein paar Tagen bei der Präsentation Play-back gesungen hast." Ein Murmeln lief durch den Raum. Alle waren erschüttert.

„Und das war nicht das einzige Mal, dass sie nicht in der Öffentlichkeit singen konnte! Beim letzten Mal hat sie ein Feueralarm gerettet … Und jetzt will sie sich schon wieder drücken. Findet ihr nicht, dass sich die Zufälle ganz schön häufen?" Es gab nur einen Weg, um Ludmila aufzuhalten. Ich musste singen. Meine Freundinnen mischten sich in die Diskussion ein, um mir zu Hilfe zu kommen. Gerade als sich im Raum ein lautstarker Tumult erhob, erschien Pablo. Alle funkelten Ludmila zornig an, damit sie den Mund hielt. Pablo hatte keine Ahnung, was vor sich ging, und Ludmila sagte nur: „Violetta wird ihren Song singen."

Ich holte tief Luft und betrat die Bühne. So

nervös war ich noch nie gewesen. Fran und Cami litten mit mir. Ich nahm das Mikrofon und begann, a cappella zu singen. Meine Stimme machte keinerlei Probleme. Ich konnte es nicht glauben! Es funktionierte. Camila und Francesca strahlten vor Freude und sprangen mit einem Satz auf die Bühne. Wir sangen zu dritt. Es war großartig! Ludmilas Sticheleien hatten uns nichts anhaben können.

Als ich gerade das Studio verlassen wollte, lief mir León über den Weg. Wir grüßten uns reserviert, fast so, als würden wir uns nicht kennen. Mir war die Situation unangenehm. Also sprach ich ihn an. „Ich weiß, dass zwischen uns nicht alles im Reinen ist, aber wir brauchen uns doch trotzdem nicht wie Fremde zu behandeln."

„Ich behandle dich nicht wie eine Fremde. Es ist bloß …"

„Dass du so wenig wie möglich mit mir zu

tun haben willst? Warum? Was ist los? Können wir nicht wie Freunde miteinander reden?"

„Erstens sind wir keine Freunde. Und zweitens will ich nicht, dass dein Lover uns hier allein zusammen sieht."

„Ich bin nicht mit Diego zusammen. Das kannst du also nicht vorschieben."

„Okay, dann will ich eben nicht, dass wir allein sind", erklärte er und wollte hinausgehen.

„Du brauchst es, dass ich die Böse bin, oder?"

„Ich brauche Abstand, Violetta. Ist das so schwer zu verstehen?"

„Ich fasse es nicht. Hast du mich wirklich so schnell vergessen?"

Er schaute mich wortlos an, drehte sich um und ging. Ich blieb ratlos und traurig zurück.

Da tauchte Diego auf. Er war in Hochstimmung und beglückwünschte mich begeistert dafür, wie ich Ludmila die Stirn geboten hatte. Wir hatten nicht die leiseste Ahnung, wie sie dahintergekommen sein konnte, dass ich Probleme mit der Stimme hatte.

Ich war unendlich traurig. Auch die lobenden Worte konnten meine Stimmung nicht verbessern.

Diego schaute mich durchdringend an. „Du bist unglaublich. Ich kann nicht genug davon bekommen, dich singen zu hören oder auf der Bühne zu sehen. Du hast so viel Energie, so eine Ausstrahlung! Du darfst niemals an dir zweifeln, Violetta. Du bist wirklich etwas Besonderes."

Als ich abends gerade zu meiner Probe bei Francesca gehen wollte, fing Papa mich ab. Er glaubte mir nicht, dass ich zu Fran wollte. Sein Misstrauen schmerzte mich sehr. „Ich weiß, du gehst zum Platz, um dich mit León zu treffen", erklärte er.

Ich sagte kein Wort, da ich nicht wusste, wovon er redete. Ich hatte nie vorgehabt, mich mit León zu treffen! Aber Papa war sich so sicher. Hatte León etwa angerufen, und Papa hatte mir die Nachricht nicht ausgerichtet?

Papa sagte nichts zu meiner Hypothese. Er bestand darauf, dass ich zu Hause bleiben sollte. Aber wenn León auf mich wartete, konnte ich ihn doch nicht sitzen lassen! Ich rannte zum Platz, um nachzuschauen, ob ich recht hatte … und León war da. Er wartete! Er war sehr überrascht, als er mich sah, und ich lief glücklich auf ihn zu.

„Entschuldige, dass ich dich habe warten lassen, aber Papa hat mir die Nachricht gerade erst ausgerichtet!"

„Die Nachricht?", fragte er befremdet.

„Die er mir von dir ausrichten sollte."

„Violetta, ich –"

„Nein, lass mich zuerst reden, wo ich jetzt einmal Mut gefasst habe. Ich wusste, dass du mich nicht vergessen hast", sagte ich und nahm seine Hand.

Wir standen dicht beieinander und schauten uns in die Augen. Endlich waren wir wieder zusammen.

León schwieg zögerlich. Dann verkrampfte er sich mit einem Mal, und ich verstand zuerst nicht, warum. Ein Stück entfernt stand Lara und starrte uns böse an. León ließ rasch meine Hand los und rückte von mir ab.

„Was macht die denn hier?", fragte ich erstaunt.

„Die Frage müsste eigentlich lauten: ‚Was machst du hier?' Ich bin mit ihr verabredet …"

„Mit ihr? Das verstehe ich nicht!", sagte ich verwirrt, als Lara auf uns zukam. „Und ich noch viel weniger", erwiderte er unverblümt.

Ich fühlte mich schrecklich. Mit Tränen in den Augen schaute ich ihn an und schüttelte den Kopf. „Lass gut sein, sag nichts", war das Letzte, was ich herausbrachte.

Dann ging ich, so schnell ich konnte, davon, mit Tränen in den Augen und einem in tausend Teile zerbrochenen Herzen.